이원지

케이채

남형석

김의성

이연

오은

정우성

레이먼 킴

김중혁

구선아

허태우

박찬일

김광혁

이원지

지금 당장 자신의 직업과 관련이 없다고 해도
일단 시도해볼 만한 가치가 있다면 시도하고 도전해볼 것.
이런 경험이 나만의 개성이 되고
훗날 남들과 나를 차별화할 수 있는
나만의 가치와 특징을 만들어줄 것이다.

K.CHAE

케이채

나는 쥐고 있기 위해서 돈을 벌지 않는다.

돈을 쓰기 위해서 돈을 번다.

내가 가고자 하는 곳으로 가기 위해서.

나는 돈을 저축하기보다는 쓴다.

'나에게' 쓴다.

남형석

의무와 직업 사이의 균형감각을 잃지 않아야지.

돈이 최우선 가치가 되는 생은 살지 않아야지.

김의성

자신의 작품을 바라보며 팔짱을 낀 채 가장 먼저
흐뭇한 미소를 띠어야 할 사람은 바로 자기 자신이다.

이연

내가 하고 있는 일이 내가 원하는 큰 흐름을 향하거나
그걸 설명하고 있어야 한다.
본인이 진짜로 뭘 원하는지를 알면
해야 하는 일이 뭔지 아는 것은 어렵지 않다.

오은

모든 씀씀이에는 마음 씀씀이가 포함되어야 한다.

해주고 싶은 마음이 그득한데 실제로 그렇게 할 수 없을 때는

상황을 외면할 것이 아니라

돈이 아닌 다른 것을 찾아봐야 한다.

정우성

소비와 행복 사이에는 무한에 가까운 경우의 수가 있다.

돈은 내가 통제하는 것이라는 자각.

그것만이 유일한 자유 같았다.

레이먼 킴

버티는 것이 이기는 것이다.

아니, 버티다 보면 이기게 된다.

일을 계속하며 버티다 보면 언젠가는 잘하게 될 것이고

잘하면 돈을 많이 벌게 될 것이다.

돈을 많이 버는 것.

이기는 것의 한 종류기도 하다.

김중혁

나의 현재를 믿는다.

지금 무언가 하기로 선택했다면 잘한 일이다.

하지 않기로 선택했다면 잘한 일이다.

구선아

나를 불면과 불행으로 이끌었던 모든 일에서
나를 구원해 낸 건 돈이 아니었다.
나를 구원하는 건 사람과 사랑과 일이었다.
불안하던 시절, 돈을 벌어도 행복하지 않던 때,
약간의 빛이 찾아 들었다.
그 빛은 무언가를 써나가는 일이었다.

허태우

일희일비하지 마라.

비즈니스는 정직하다.

사업이 계속 돌아가고 있으면 다음 전투가 다가오고

기회도 다시 찾아온다.

박찬일

물려받을 게 없다면 지독하게 살아라.
돈이 벌릴 것이다.
안 벌렸다면, 그건
당신이 지독하지 않다는 뜻이다.

김광혁

당신의 항아리가 아직 보잘것없다고 해도
완성되지 않았다고 해도
또는 완성되었던 게 깨졌다고 해도
그 경험을 바탕으로 더 멋진 항아리를 만들어 나가면 된다.
포기하지 않으면 언젠가는 기회가 찾아올 것이다.

돈과 나와 일

돈과 나와 일

(이원지)(케이채) (남형석)(김의성)(이연)(오은)(정우성)(레이먼 킴)(김중혁)(구선아)(허태우)(박찬일)(김광혁)

최갑수 엮음

ALONE BOOK

돈과 나와 일

초판 1쇄 발행 2023년 3월 7일

지은이. 이원지, 케이채, 남형석, 김의성, 이연, 오은, 정우성, 레이먼 킴,
김중혁, 구선아, 허태우, 박찬일, 김광혁
엮은이. 최갑수

펴낸이. 최갑수
디자인. 강경신

펴낸곳. 얼론북
출판등록. 2022년 2월 22일(251002022000026)
주소. 경기도 파주시 회동길 145 아시아출판문화정보센터
전자우편. alonebook0222@gmail.com
전화. 010-8775-0536
팩스. 031-8057-6703
인스타그램. @alone_around_creative

ISBN 979-11-978426-6-5 03810
값 16,000원

돈과 나와 일,

그 사이를 헤쳐가는
당신을 위한 유용한 지도 그리고 응원

이 책은 돈에 관한 이야기다.

이 책은 우리 삶에서 돈과 일과 꿈을 조화롭게 배치하기 위한 방법론이기도 하다.

우리 인생의 아주 많은 부분은 '일'과 '돈'으로 이루어져 있다. 둘은 어느 것이 앞서지 않아서, 우리는 돈을 벌기 위해 일하지만, 꼭 돈을 위해서만 일하지도 않는다. 돈과 일, 혹은 일과 꿈, 그 사이를 오가며 삶이라는 복잡한 지도를 만들어 간다. 이 지도는 진하고 어렴풋한 부분이 어지럽게 뒤섞여 있다. 이미 사라진 길도 있고 어느 부분은 심하게 과장되어 있기도 하다. 그래서 어떤 지점에서는 절망하고 힘들고 슬프지만, 어떤 지점에서는 기쁨과 성취감을 맛보기도 한다. 어떤 지점에 닿기 위해 안간힘을 내고 거기에서 보람을 찾을 때도 있다.

이 책에는 모두 13개의 지도가 실려 있다. 배우, 소설가, 시인, 사진가, 요리사, 디자이너, 기자, 유튜버, 콘텐츠 크리에이터, 잡지 발행인, 독립책방 운영자 등 각자의 분야에서 자신의 영역을 견고하게 구축한 13인의 직업인들이 돈과 일, 돈과 꿈 그리고 그사이를 지나 온 그들의 궤적과 나아갈 방향을 저마다 표시해 두었다.

그 궤적과 방향을 삶이라고 부를 수 있을 것인데, 이들 지도를 하나로 합쳐서 보아도 되고 하나의 지도만 여미고 길을 나서도 된다. 이 지도에 표시된, 수단으로서의 돈에 관해, 목적으로서의 일에 관해, 그리고 돈과 일이 만들어내는 삶의 방식과 마침내 닿은 삶의 어느 지점에 관해 그들이 보여주는 여정은 솔직하고 선명하다.

돈과 일과 꿈. 이들이 각기 발산하는 자기장은 너무나 강력해서 우리가 가진 나침반의 바늘을 끝없이 흔들어댄다. 다행스럽게도 선험자가 자신만의 독도법으로 개척한 현명한 지도가 있으니 당신이 가고자 하는 행로에 충분히 유용하게 사용할 수 있을 것이다. 그들이 건네준 지도를 더듬으며 조금씩 조금씩 나아가다 보면 시행착오를 줄일 수 있을 것이며, 어느 날 당신이 원하는 지점에 도착할 수 있을 것이다.

이 책은 일하며 살아가는 마음, 마침내 우리가 완성하고 싶은 꿈과 이룩하고 싶은 삶, 그것을 향해 가는 여정에 관한 이야기다. 그들이 건네준 지도는 때론 세심하고 때론 다정해서 우리의 이야기를 완성하는 데 크나큰 응원이 된다.

• 엮은이 최갑수(시인 · 작가)

차 례

• 작가 고유의 표현과 스타일을 살리기 위해 작가의 글을 최대한 따랐습니다.

이
원
지

여행 유튜버

구독자 50만 유튜브 채널 〈원지의 하루〉를 통해 재미있고 유니크한 여행 콘텐츠를 선보이고 있다.

● ○ ○ ○ ○ ○ ○ ○ ○ ○ ○ ○ ○

나만의 원칙을 가지고 줏대 있게 소비할 것. 당장은 통장 잔고가 줄어들지라도, 나중에는 분명 배 이상으로 돌아올 것이다. 인간관계도 마찬가지다. 내가 좋아하는 사람에게는 기꺼이 소비를 하라.

지금 내가

소비하고 있는 것이

나의 미래다

결핍, 집착하거나 해탈하거나

내가 한창 청소년기를 보내고 있을 때, 아버지는 사업에 실패하고 말았다. 아버지의 사업 실패로 찾아온 가난은 겨울바람처럼 혹독하고 매서웠다. 혹독함과 매서움은 모든 가난의 서사에 적용되는 흔하고 상투적인 비유이지만, 가난을 직접 겪어 본 사람에게는 이 두 단어가 주는 고통의 크기와 아픔의 깊이가 너무나 크고 깊어서, 아무리 세월이 흘러도 그 끔찍함은 가장 잊지 못할 기억으로 남아 있게 되는 법이다. 가난은 어두운 동굴 속에 홀로 웅크리고 앉아 있는 것과 같다.

우리 가족은 하룻밤 사이 판잣집으로 이사를 하게 됐다. 당시의 환경은 지금으로서는 상상도 할 수 없을 정도였다. 이웃과 공동 화장실을 사용했는데, 겨울이면 물탱크가 꽁꽁 얼어버리곤 했다. 볼일을 보고 물을 내릴 수 없어 난감해하던 기억이 지금도 선명하다. '난감'이라는 다소 덤덤한 단어로 그때의 일을 이야기하고 있지만, 직접 당해 보면 지구 끝에 홀로 남겨진 것 같은 아득한 절망감에 빠지게 된다. 수도는 밤 9시면 정확하게 끊겼다. 대문이라고 하기엔 민망한 대문이 있었는데, 내가 발로 차기만 해도 날아갈 것처럼 허술하고 부실했다. 대문 문고리에 숟가락 하나 꽂아두는 것이 나름의 보안 시스템이었다. 이런 처량한 환경 속에서 어머니는 두 딸을 홀로 그리고 꿋꿋하게 키워냈다. 당시 어머니는 매일 밤 도둑이라도 들어올까 봐 깊고 편한 잠 한 번 주무시지 못했다고 한다. 기초생활 수급대상자로 선정될 만큼 어려웠던 그때의 집안 형편 속에서도 어머니가 우리에게 절대 하지 않은 말이 있다.

"나가서 돈 좀 벌어 와."

자존심이 유난히 강했던 어머니는 전기세, 반찬값 등 생활비는 악착같이 아꼈다. 하지만 절대 아끼지 않은 세 가지가 있었는데, 그것은 바로 속옷과 신발, 먹을 것이었다. 어머니는 이 세 가지에 돈을 쓰는 것을 아깝다고 생각하지 않고 무조건 최고 좋은 것으로 사주셨다.

"그게 사람의 '테'를 나타내고, 나가서 무시당하지 않고, 대우받게 하는 거야."

돌이켜 생각해 보니, 이것은 어머니의 확고한 소비 가치관이었다. 나는 어머니에게서 쓸 곳에는 과감하게 쓰는 '투자성 소비'의 개념을 어려서부터 배울 수 있었다.

부모님은 자주 싸우셨다. 정반대의 성격을 가진 부모님은 아버지가 사업에 실패하기 이전에도 거의 매일 싸우다시피 했다. 싸움의 원인은 대부분 돈이었다. 나는 어린 나이였지만 자본주의 세상에서 거의 모든 문제는 돈 때문에 일어나고, 슬픔의 상당히 많은 부분이 돈이 없다는 것에서 비롯되는 것을 깨달을 수 있었다.

나는 결핍에 대한 대응 방법은 두 가지 형태로 나타난다고 생각한다.

집착하거나, 또는 해탈하거나.

내 경우는 후자의 형태로 나타났다.

만약 세상 대부분의 문제가 돈 때문에 발생한다면, 돈에 대한 집착을 버리면 모든 문제가 사라진다는 것이 내가 내린 결론이었다.

그래서 나는 유형의 가치보다 무형의 가치에 집착하기로 했다. 무형의 가치는 시간이 지날수록 그 가치가 사라지지 않을 것이라고 믿었기 때문이다. 이후 나는 무형의 가치에 투자하기로 했다.

무형의 가치에 투자하기

몇 해 전부터 2030세대에게도 재테크 바람이 크게 불었다는 것은 모두가 알고 있을 것이다. 내 주변에도 주식을 하지 않는 친구가 없을 정도였다. 나도 이 대열에 합류했다. 재테크에 아무런 지식도, 관심도 없는 나까지 주식투자에 도전했다면 당시의 주식투자 열풍이 얼마나 거셌는지 짐작할 수 있을 것이다.

야금야금 주식을 사 모으다 보니 꽤 적지 않은 돈이 주식판에 들어갔다. 그나마 다행인 것은 나는 주가가 오르거나 내리거나 해도 일희일비하는 성격이 아니라는 것이었다. 주식투자를 하는 동안에도 내 마음은 봄날의 호수처럼 잔잔하기만 했다. 주변에서는 이런 성격이 주식하기 좋은 성격이라고 한다. 매일 매일, 온종일 주식 창을 들여다보고 경제에 관해 이런저런 공부를 해야 하는 주식투자는 내 성격에 전혀 맞지 않았다. 결국 얼마 지나지 않아 나는 가지고 있는 주식을 모두 정리하고, 주식과 투자 관련 앱도 휴대폰에서 몽땅 지워버렸다. 재테크에 대한 나의 열정은 급속하게 식어 갔고, 주식투자는 체험 수준에서 짧게 끝나고 말았다.

나는 왜 주식투자에 관심이 없을까? 곰곰이 생각해 보았는데, 단순히 돈으로 돈을 버는 행위는 나에게는 동기 부여가 전혀 되지 않는다는 것으로 결론이 내려졌다. 주식을 사고팔며 돈을 불리는 행위는 내게는 아무 의미 없는 숫자놀음일 뿐이었다. 나는 거기에서 아무런 의미를 찾지 못했던 것이다.

짧았던 주식투자 경험을 통해 나는 확실히 알 수 있었다. 재능도 없고 적성에도 맞지 않는 분야에 억지로 관심을 쏟기보다는, 그 시간에 앞으로 더 크게 키울 수 있는 '무형의 가치'에 투자하는 것이 내게는 훨씬 더 의미 있고, 내가 재미있어 한다는 것이었다.

내 판단은 억지로 머리 싸매고 부동산 공부할 시간에 재미있는 유튜브 영상을 한편 더 기획하고, 편집을 더 재미있게 하는 것이 내 인생에 훨씬 더 도움이 된다는 것.

이런 가치판단 하에 소비를 하다 보니 나는 점점 더 돈 쓰는 기준에 대해 명확하고 단단한 입장을 가질 수 있었고, 무엇보다 소비를 하고도 후회하지 않을 수 있게 됐다.

이런 패턴을 계속 반복하며 살아오다 보니 나만의 디테일한 소비 기준을 만들 수 있게 됐고, 물건을 보는 안목도 자연스럽게 키울 수 있었다.

나는 흔히 말하는 재테크는 전혀 하지 않는다. 하지만 '보이는, 그리고 보여주는 직업'을 가진 나에게 훗날 더 큰 이익으로 돌아올 수 있는 확실한 가치라는 판단이 들면 과감하게 소비하고 있다. 소비에 대한 내 생각을 간단하게 정리하자면 다음과 같다.

— 나는 소비를 사랑하는 사람이다. (실제 명품은 사지 않지만 명품을 사는 만큼 쓴다.)

— 돈 쓰는 게 무엇보다 재미있다. (쓰면 쓸수록 나의 가치를 올려주는 소비를 하니까 그렇다.)

— 나는 누구보다 자본주의를 사랑한다. (그래서 자본주의의 끝판왕이라는 미국에 이민을 왔을 정도다.)

나만의 투자성 소비 원칙

오해하지 마시길. 나는 막무가내로 저지르고 보는 경험은 사치일 뿐이며 낭비라고 생각한다. 다음에 이어지는 나의 '투자성 소비'에 대한 기준을 본다면 아마 여기에 대해 조금이나마 이해를 할 수 있지 않을까 해서 공유한다.

|1| 부캐로 시장 가치를 더 높혀라

2020년 코로나 팬데믹이 터지면서 여행이 직업이었던 내게도 시련의 시간이 다가왔다. 예정됐던 모든 해외여행 일정이 전부 취소됐고, 여행과 관련한 일을 하는 모든 이들이 그랬듯, 당시의 나도 할 수 있는 일이 없었다. 나는 어쩔 수 없이 집 안에 틀어박혀 있어야 했고 그러는 동안 시들어가는 선인장 화분처럼 나는 점점 무기력해져만 갔다.

방에만 틀어 박혀 지내다 이래서는 안 되겠다 싶어 평소 관심이 있었던 목수 일에 내 시간과 돈을 투자해 보기로 했다. 그리고 그때부터 지금까지, 나는 이민을 오게 된 미국에서도 목수 일을 계속해서 배우고 있다.

목수 일로 지난 3년 동안 벌어들인 수익은 거의 제로에 가깝다. 사람 일은 어떻게 될 지 아무도 모르는 것이라고 하지만, 앞으로 목수 일을 직업으로 삼거나 돈벌이로 삼을 계획은 딱히 없다. 다만 관련 공부를 더 하고 싶어 대학원에 가고 싶을 만큼 목수라는 직업에 애정을 품고 있다.

내가 3년 동안 몇백만 원을 쓰면서 목수 일을 계속 배우고 있는 이유는 자기만족이 첫 번째지만, 목수 일을 배우는 이 경험이 남들과 다른 나만의 개성이 되고, 이것이 훗날 남들과 나를 차별화할 수 있는 나만의 가치와 특징을 만들어줄 것이라고 생각하기 때문이다.

나는 목수 일을 배우면서 여행 이외의 다른 주제로도 콘텐츠를 만들 수 있게 되었다. 어설펐던 첫 수업부터 목공 작품을 만드는 모든 과정을 유튜브에 담았다. 이 과정에서 다른 유명 유튜버 친구들의 홈 인테리어나 집수리를 도와주는 영상을 만들기도 했다.

이렇게 목수 일을 배우며 자연스럽게 나만의 차별화된 부캐 이미지가 만들어졌고, '원지'라는 특색있고 개성 있는 이미지를 더 견고하게 구축해 구독자들에게 확실하게 전달할 수 있게 되었다. 유튜브 세계에서 너무나 중요한 '자신만의 캐릭터'가 '여행자 + 청년 목수'라는 조합으로 탄생하게 된 것이다. 목수 일을 배우고 관련 콘텐츠를 유튜브에 업로드하기 시작한 이후 실제로 청년 목수 관련 방송 프로그램 출연과 강연 요청 등의 제안이 들어오기도 했다.

만약,
목수 일을 배운다고 이걸로 취업도 못 할 건데?
단순 취미에 몇백만 원씩이나 투자하다니, 너무 아까운데…….
이런 생각으로 목수 일을 배우지 않았다면
지금과 같은 내 캐릭터가 만들어졌을까?

아닐 것이다.
나는 당시 목수 일을 배우는 데 투자했던 몇백만 원보다 훨씬 더 큰 금액의 효과를 보았다고 믿고 있다.

지금은 부캐가 본캐만큼이나 중요한 시대다. 부캐를 키워 본캐와 결합시킨다면 훨씬 큰 시너지 효과를 낼 수 있다. 부캐를 구축하기 위해서는 자신의 개성을 더 잘 살릴 수 있는 것이 무엇인지 알아내는 것이 중요한데, 내 생각에는 자기가 진심으로 좋아하는 일을 부캐로 삼아보는 것이 어떨까 싶다.

이 과정에서 무엇보다 중요한 것은 부캐로 인해 당장 수익이 나지 않더라도 꾸준히 시간과 돈을 투자하는 것이다. 많은 이들이 강조하듯, 캐릭터와 콘텐츠를 만드는 데 가장 중요한 것은 '꾸준함'이라고 나 역시 생각하고 있다. 캐릭터와 콘텐츠는 하루 이틀 반짝 노력한다고 만들어지는 것이 아니다.

지금 당장 자신의 직업과 관련이 없다고 해도 일단 시도해볼 만한 가치가 있다면 시도하고 도전해볼 것. 나중에 분명 더 크게 도움이 될 것이라 확신한다. 예상하지 못한 의외의 조합을 선보이는 것보다 신선하고 효과적인 마케팅 방법은 없다. 부캐에 투자한 만큼 본캐의 '시장 가치'는 점점 더 올라갈 것이다.

|2| 소비 투자를 통해 데이터를 만들어라

나는 물건의 가격을 단순히 가격표에 나타난 가격 그대로 받아들이지 않는다. 드러난 가격 그 자체보다 그 너머의 가치가 얼마일까를 생각하고 소비하려고 한다. 10만 원짜리일지라도 단순히 액면 그대로 나타난 10만 원의 가치만을 가지고 있는 것이 아니라는 말이다.

가격은 10만 원이지만, 내가 그 10만 원을 어떤 방식으로 경험하고 어떤 형태로 소비하느냐에 따라 그 이상의 가치가 만들어진다고 생각한다. 그렇다면 그건 10만 원짜리 물건보다 훨씬 더 가치가 있는 것이다. 예를 들면 이런 것들이다.

___ 오직 지금에만 할(살) 수 있는 것인가? **경험**
___ 나중에 아무리 돈을 많이 써도 지금보다 더 효과를 볼 수 있는 것인가? **건강**
___ 계속 미뤄 둘 만큼 중요한가? **효도**
___ 시간적, 정신적, 체력적 에너지를 아낄 수 있는 것인가? **이동경비**

나는 이러한 여러 가지 가치 판단들을 종합한 후 나만의 소비 기준을 만든다. 여기에서 중요하게 고려해야 할 점은 모든 소비는 내가 충분히 감당할 수 있는 범위(비용) 내에서 이루어져야 한다는 것이다. 아무리 금액 이상의 가치가 있을지라도 빚을 지면서까지 소비를 하는 것은 진정한 가치 투자가 아니다. 그건 사치일 뿐이다. 사치와 투자는 '한끝' 차이일 텐데, 그 한끝이 바로 '빚이냐, 아니냐'일 것이다.

나는 요즘 평소 내가 관심이 있던 제품을 상품화해 1인 브랜드(제품)를 만들기 위해 계획을 세우고 있다. 제품 기획과 브랜딩, 마케팅을 위해 다양한 레퍼런스를 찾아 보고 있는데, 여기에도 '경험 투자' 개념이 들어간다는 것을 알게 됐다. 예를 들어 맞춤 가구 회사를 차린다고 생각해 보자.

- **좋은 것** 가구를 책으로 보는 것. 간접적으로 경험하는 것으로, 가구 잡지를 통해 디자인을 보는 것이 여기에 속할 것이다.
- **더 좋은 것** 실물 가구를 보는 것. 가구를 실제로 경험하는 것으로, 가구를 직접 만져 보고 가구의 질감과 가구가 놓인 공간감 등을 느껴 보는 것이다.
- **가장 좋은 것** 가구를 구매해 직접 사용해 보는 것. 이는 사용 경험으로 실생활 속에서 디테일한 사용감을 느낄 수 있게 해줄 것이다.

이 세 가지의 경험을 통해 느끼는 가구에 대한 체험의 깊이와 여기에서 얻을 수 있는 인사이트는 분명 다를 수밖에 없을 것이다.

제품뿐만 아니라 콘텐츠를 만들 때도 마찬가지다. 내가 콘텐츠를 만들 때 가장 피하는 부분은 나의 한정된 경험과 가치관 안에서 콘텐츠를 만드는 것이다. 내 경험과 가치관이 차별화된 콘텐츠를 만들고 개성을 발휘하게 하는 데 큰 역할을 하는 것도 사실이다. 그렇지만 타깃 소비자에게 효과적으로 다가가기 위해서는 자신의 욕심을 적당하게 컨트롤하는 균형 감각이 필요하다고 생각한다.

소비자들에게 내가 만든 콘텐츠를 효과적으로 어필하기 위해서는 내가 목표로 삼고 있는 소비자 타깃에 대한 정확한 이해가 필요한데, 이는 내가 미리 경험한 '소비 투자'를 통해 좀 더 정확한 데이터를 만들 수 있다는 말이다.

예를 들면, 나는 여행 유튜버로서 초고급 여행 서비스나 초저가 서비스 등 여행의 다양한 방식을 경험해 보려고 노력한다. 이렇게 함으로써 평소 나의 소비 생활에서는 만날 수 없는 소비군들의 세계를 경험하고 그들의 소비 라이프에 대해 더 잘 알 수 있기 때문이다. 이는 나의 타깃 군이 넓어진다는 의미이고, 내가 콘텐츠를 만들 때 구독자의 입장을 더욱 명확하게 이해할 수 있게 된다는 뜻이기도 하다. 글과 사진만으로 느끼는 것도 좋지만 여기에는 분명 한계가 있다.

이처럼 단순히 소비만 하는 것으로도 새로운 라이프스타일에 대한 경험을 살 수 있다니! 이것이 바로 자본주의의 장점 아닐까? 자본주의 세상에서 소비는 활용만 잘한다면 훌륭한 스승이 되기도 하다.

나는 단순히 자랑이나 보여주기식이 아니라, 어떠한 무형의 경험이 금액 이상의 가치로 돌아오는지에 대해 판단하는 연습을 계속하고 있다. 앞서 말한 '금액 이상의 가치'는 지식 습득과 세계에 대한 넓고 깊은 이해, 다양한 취향에 대한 관심, 소비에 대한 안목, 나의 가치 증대 등 다양한 방식으로 나타날 것이다.

나는 소비하며 → 소비자(구독자)와 더 유연하게 대화할 수 있고 → 그 대화를 통해 소비자는 내 콘텐츠에 대해 더 깊이 공감할 수 있으며 → 우리는 서로를 더 잘 이해할 수 있게 된다 → 그리고 최종적으로 내 소비자(구독자)는 점점 늘어나게 된다.

그러니까 나는 나를 위해 소비한다.
소비는 내게 투자의 다른 방식이다.

나는 소비를 통해 가격 이상의 가치를 보는 눈을 가질 수 있으며, 내가 만드는 제품과 콘텐츠의 퀄리티를 더 높이 끌어올릴 수 있다. 나는 단순히 내가 만드는 제품을 잘 만들기 위해 돈을 쓰는 측면도 있지만, 더 근본적으로 나라는 브랜딩을 구축하기 위하여

'가치 투자'를 하고 있는 것이다.

|3| 진지한 소비로 개성을 만들어라

내 직업은 유튜버다. 불특정 다수에게 나를 노출해야 하는 직업이다. 그러다 보니 언제나 깔끔한 외모를 유지하는 것이 요구된다. 깔끔한 외모를 유지하기 위해 반드시 예쁘고 비싼 물건을 들어야 한다는 것은 아니다. 최소한 추하지는 말자는 게 나의 생각이다.

깔끔한 외모를 유지하기 위해 특별히 하는 일은 없다. 무조건 최저가만을 추구하지도 않고 가성비만을 따지지도 않는다. 상품은 질을 우선시해 구입하고, 너무 튀거나 그렇다고 너무 무난하지도 않은, 하지만 나의 취향이 담긴 물건과 옷을 구입하기 위해 애쓴다.

이 과정에서 내가 가진 명확한 취향이 제품을 선택하는 데 많은 도움이 된다. 살아가는 데뿐만 아니라 일을 하는 데도 취향이 상당히 중요하다는 것을 알게 됐다. 취향이 없다는 것은 개성이 없다는 말이기도 하다. 무색무취는 곧 매력이 없다는 뜻이기도 하다. 최근 지인과 취향과 매력의 상관관계에 대한 이야기를 나눈 적이 있다. 그때 지인이 한 말이 아직도 기억에 선명이 남아있다.

돈 안 씀 → 취향 만들기 기회 박탈 → 취향 없음 → 멋없음

나는 모자와 안경, 스웨트 셔츠를 좋아하는데, 그것들을 필요 이상으로 사 모으다 보니 자연스럽게 확실한 나만의 취향이 생기게 됐다. 나는 내가 관심 없는 분야에는 소비를 거의 하지 않지만, 내가 관심 있는 분야에는 필요 이상으로 '진지하게' 몰입하는 편이다. 그래서 (자기합리화일지도 모르지만) 내가 좋아해서 지출하게 되는 분야는 내 취미의 한 부분이라고 편하게 생각해 버리기로 했다. 나에겐 모자, 안경, 스웨트 셔츠가 어덜트들의 피규어 같은 존재인 것이다.

아주 오랫동안 여러 종류와 형태, 질감, 디자인을 가진 모자를 쓰다 보니, 내 얼굴과 두상을 분석해 내게 잘 어울리는 모양을 알게 됐고, 주변 친구들에게도 잘 어울리는 스타일을 추천할 수 있을 정도가 됐다. 처음부터 모자에 관해 잘 알고 있었던 게 아니라, '이 모자는 내게 왜 안 어울리는 거지?', '이 모자는 왜 불편하지?' 고민하고 관찰하며 오랫동안 모자에 관심을 두고 진지하게 소비하기를 반복하다 보니 나만의 디테일한 취향으로 굳어지게 된 것이다.

내가 만드는 영상 속에서 유난히 자주 입는 아이템들이 있다. 그리고 그 아이템들을 착용하고 구독자들에게 노출되다 보니, 사람들이 〈원지의 하루〉를 생각할 때 딱 떠오르는 이미지가 자연스럽게 만들어진 것이다. 색깔은 노란색을 좋아하며, 편하면서 질 좋은 옷을 선호하고, 복잡한 디자인은 싫어하는 등 내 취향은 내 소비를 통해 만들어지고 강화됐고, 마침내 나만의 명확한 개성으로 굳어지게 됐다.

단순히 지금 유행한다고, 남들이 다 한다고 덩달아 따라가며 소비하지 말고, 내가 좋아하고 관심 있는 제품과 콘텐츠에만큼은 비록 그것이 비주류에 속한다고 할지라도 깊이 있게 소비하고 줏대 있게 티를 내보자. 그러다 보면 내가 '나 이런 거 좋아해요.' 하고 굳이 말하지 않더라도, 나를 나타내는 개성이 되는 날이 올 것이다.

나는 소비로 내 취향을 발전시킨다.

내 취향이 여러 방식으로 표현되고, 그것이 모여 개성 있는 나를 만든다.

나는 돈 쓰는 것이 즐겁다

소비가 곧 투자다.

나는 돈을 단순히 금액 그 자체로만 보지 않는다. 내가 돈을 쓰는 행위는 곧 나의 가치를 올리는 투자와 다르지 않다.

인간관계도 마찬가지다. 나는 내가 좋아하는 사람에게는 기꺼이 소비를 한다. 이 모든 것이 내 시장 가치를 올려준다는 것을 알게 되었기 때문이다.

당장은 통장 잔고가 살짝 줄어들지라도, 나중에는 분명 배 이상으로 돌아올 것임을 안다.

나만의 원칙을 가지고 과감하고 줏대 있게 소비하라.

지금 내가 소비하고 있는 것들이 내게 또 다른 기회를 열어줄 것이다.

케이채

K. Chae

사진가

오롯이 사진가로서 기억되기를 소망하는 사람이다. 2009년부터 세계를 홀로 방랑하며 사진을 담는 프로젝트를 시작했으며 100개국을 담겠다는 목표를 이루기 위해 틈만 나면 지구 반대편으로 떠나고 있다. 지은 책으로는 『NOT SEOUL』 『사진가의 길』 『케이채의 모험』 등이 있다.

○ ● ○ ○ ○ ○ ○ ○ ○ ○ ○ ○ ○

나에게 돈이란 나를 더 나은 사람으로 만들기 위한 도구다. 나는 나 자신을 더 키우고 성장시키기 위해 돈을 사용할 뿐이다. 돈으로 살 수 있는 것을 통해 돈으로도 살 수 없는 것을 얻는다. 이것이 내가 돈을 쓰는 법이다. 기업들이 손해 볼지도 모를 일에 돈을 쓰는 건 투자라고 하면서 왜 우리 인생에 쓰는 돈은 낭비라고 하는가.

나는 부자가 되지 않을 것이다

아직은 망하지 않은

사진이 홍수인 시대다. 누구나 스마트폰으로 매일 사진을 찍는다. 그렇다 보니 '사진을 찍는 사람'이 직업인 것이 특이하게 느껴지는 세상이 되고 있는 것 또한 크게 이상한 일이 아니다. 얼마전 『포브스』 선정 '가장 미래가 없는 대학 전공 2위'로 '사진/영상' 분야가 꼽힌 것을 보았다. 사실 사진이 영상과 같이 묶여 있는 것이 조금 민망할 정도다. 영상은 그래도 사정이 조금 나은 편이기 때문이다. 사진은 현시점에서 직업으로 권하기는 어렵다. 사람들이 다 하지 말라고 뜯어말려도 그래도 하고 싶다고 밀어붙일 정도로 좋아해야 할 수 있는 것이 사진가라는 일이다.

이런 시대라 그런 걸까. 사진가가 되고 싶다며 내게 연락해 오는 젊은 친구들이 가장 많이, 그리고 먼저 물어보는 질문이 있다.

"사진가는 돈을 어떻게 버나요?"

그에 대한 정답을 알고 있었다면 내가 이렇게 살고 있지는 않을 텐데. 사진가로 활동해 온 세월이 길어지다 보니 내가 어느 정도 자리 잡은 사진가라고 오해하는 사람들이 늘어나 버린 것 같다. '저 정도로 활동하고 있으면 벌이가 제법 괜찮은 거겠지.' 하고 생각하는 것 같다. 하지만 크나큰 오해다. 당장 내일 망해도 전혀 이상하지 않은 게 지금 내 상황이다. 그러니까 "나도 케이채님처럼 사진 찍으면서 여행 다니고 싶은데 어떻게 하면 되냐?"고 묻는 DM을 보내와도 딱히 해줄 수 있는 말이 없다. 대단한 영업 비밀이 있어서 여기까지 온 게 아니라 그저 하고 싶어서 해왔고, 단지 아직은 망하지 않았을 뿐이라는 말 밖에는.

돈 없이는 예술도 없다

그림이 그렇고 음악이 그렇듯 사진 또한 다양한 장르가 있고, 사진가 또한 다양한 형태가 있다 보니, 모두 그렇다는 것은 아니지만 일단 나는 소위 사진작가라고 불리는, 그러니까 나의 개인적 작업을 해나가는 사람이다. 작품을 만들고 전시를 하고 책을 내기도 한다. '예술가'라고 부를 수도 있을 것이다.

사람들은 예술가라고 하면 돈을 중요하게 여기지 않는다는, 혹은 중요하게 생각하면 안 된다는 선입견이랄까 편견이랄까, 그런 환상을 가지고 있는 것 같다. '예술가에겐 돈보다는 예술이 먼저다.' 예술가라면 대부분 이렇게 생각할 것이라 여긴다. 물론 예술가라면 누구나 자신의 작업 세계를 가장 중요시하겠지만 그렇다고 해서 돈에 초연하다는 얘기는 아니다. 오히려 예술가이기에 돈을 귀하게 여긴다. 돈 없이는 예술도 없다. 사진도 다르지 않다. 사진이 아무리 좋다고 해도 돈을 벌지 못한다면 사진가는 그저 백수에 지나지 않는다.

앞서 언급했듯이 전 세계인이 사진을 찍는 시대다. '무엇이 사진가와 사진을 찍는 사람을 나누는가?' 하고 묻는다면 역시 그것밖에 없다. 사진가는 자기 사진으로 돈을 버는 사람이다. 자기 사진으로'만' 돈을 버는 사람이다.

사진으로 돈을 번다는 것은 어려운 일이다. 과거에도 그랬지만 오늘날은 더욱 그렇다. 그래서일까, 사진을 하는 사람 중에 부업을 하는 이가 한둘이 아니다. 때로는 주객전도가 되어 사진이 부업이 되어버리기도 한다. 수많은 사진가가 있지만 사진만 하는 사람은 갈수록 줄어드는 아이러니한 시대다. 나 또한 그런 길을 걸을 수도 있었지만 그러지 않았다. 오직 사진가로만 살고, 오직 사진만을 찍고 싶었다. 무엇보다도 양쪽에 발을 모두 걸치고 이도 저도 아닌 상황에 놓이는 것을 원하지 않았다. 직장 때문에 사진을 제대로 하지 못하는 거라고 핑계를 대고 싶지도 않았고, 사진 때문에 직장 일을 제대로 하지 못하는 것이라며 빠져나갈 구멍을 만들고 싶지도 않았다. 적어도 내가 사진가로서 살아가고자 한다면 오직 사진가로서 먹고살 수 있어야 한다고 생각했다. 그 말은 곧 사진으로 돈을 번다는 이야기다.

뉴욕에서 사진을 공부했지만 명문대도 아니었고 인맥이나 학연을 만들지도 않았다. 한국에 왔을 때 나를 아는 사람도 도와줄 이도 아무도 없었다. 그냥 무작정 온라인을 통해 나의 사진을 올리고 알려 나갔다. 스마트폰의 시대가 오기 조금 전, 지금보다는 사진가의 가치가 더 인정받던 시기여서 그랬는지 모르겠지만, 어쨌든 내 사진을 알아주는 사람들이 조금씩 생겨났고, 이런저런 작업 문의도 받기 시작하며 발전해갔다.

하지만 내가 가장 원했던 것은 나의 사진을 파는 것이었다. 인화하고 액자로 만든 나의 작품을 파는 것. 그때만 해도 이름 없는 작가의 사진을 구입해 주는 사람은 흔치 않았다. 처음 전시를 했을 때는 작품이 거의 팔리지 않아 걸어두었던 작품을 하나하나 다 떼어내어 집으로 가져가야만 했다. 10년 넘게 꾸준히 전시를 하며 작품을 판매하기 위한 노력을 기울인 끝에 조금씩 작품을 사주는 사람들이 생겼고, 전시된 작품을 모두 완판하는 경험까지 하게 되었다. 내가 궁극적 목표로 삼고 있는 '작품만 팔아서 먹고 사는 사진가'가 되려면 아직 갈 길이 멀지만 그래도 그 방향을 향해 조금씩 걸어가고 있다는 확신이 있다.

내가 돈을 벌려는 이유

사진가라는 직업을 가지고 있으면서 내가 이토록 돈을 벌려고 하는 이유는 뭘까? 너무나 당연한 이야기지만 첫 번째로는 생계를 위해서다. 그러나 단지 먹고 살아야 하니까 돈을 벌려는 것은 아니다. 부자가 되기 위해서? 부자가 되면 좋기는 하겠지만 그 또한 내가 돈을 벌고 싶은 이유는 아니다. 나는 돈을 모으기 위해서 돈을 벌고 싶은 게 아니다. 돈을 위해서 돈을 벌고 싶은 게 아니라는 말이다. 나에게 돈이란 나를 더 나은 사람으로 만들기 위한 도구다. 나는 나 자신을 더 키우고 성장시키기 위해 돈을 사용할 뿐이다. 그 이야기를 해볼까 한다.

몇 년 전 무척 인상적으로 읽었던 『전쟁 말고 커피』라는 책이 있다. 예멘계 미국인으로 샌프란시스코 빈민가에서 자라난 목타르 알칸샬리(Mokhtar Alkhanshali)가 자신의 고향 예멘에 돌아가 산전수전을 겪은 끝에 세계적인 커피 수입상이 된다는 실화를 바탕으로 한 책이다. 여러모로 깊은 인상을 받았던 책이지만 특히 기억에 남는 것은 '돈을 물질로 보지 말고 도구로 보라'는 그의 할아버지가 그에게 해준 말이다. 돈은 원하는 일을 할 수 있게 도와주는 도구일 뿐이라고 그의 할아버지는 말했다. 돈을 모으는 데 집착하지 말고 쓰는 것을 아까워하지 말라는 말이다. 이것은 돈에 대한 나의 믿음이기도 하다. 나는 쥐고 있기 위해서 돈을 벌지 않는다. 돈을 쓰기 위해서 돈을 번다. 내가 가고자 하는 곳으로 가기 위해서.

세계 100개국을 사진으로 담겠다는 목표를 가지고 방랑해 온 지도 14년이 넘었다. 88개국까지 촬영하는 데 성공했지만 순탄하지만은 않았다. 2013년에 처음으로 아프리카에 갔다. 남아프리카에서 동아프리카까지 75일 동안 이어지는 여정이었다. 사진가로서의 벌이가 시원찮던 그때, 그 여행은 사실 내게 큰 모험이었다. 우간다에서 서울로 돌아가는 비행기를 타는 그 시점에서 나는 말 그대로 빈털터리가 된 상황이었다. 그런데도 전혀 걱정이 되지 않았다. 아프리카에서 만난 많은 사람들이 나에게 전해준 긍정적인 마인드에 전염되었던 것일까? 갑갑하고 말도 안 되는 일들이 생겨도 화를 내거나 좌절하기보다는 어떻게든 될 거라며 긍정하던 사람들. 도저히 긍정적일 이유가 없어 보였는데도 그들은 그랬다. 빈털터리의 나도 그렇게 이유 없이 긍정적이 되었다.

그랬기 때문인 것은 아니겠지만 한국에 돌아오고 나니 많은 일들이 들어왔고 책 계약도 하게 되었다. 그때부터는 더더욱 나 자신을 믿고 무모하게 돈을 쓰게 되었다. 아니 투자라고 해두자. 기업들이 손해 볼지도 모를 일에 돈을 쓰는 건 투자라고 하면서 왜 우리 인생에 쓰는 돈은 낭비라고 하는가.

사진가로서 다양한 일들을 하지만 지금까지 내 작업의 중심에 있는 것은 이 세상을 방랑하며 사진에 담아내는 일이다. 처음에는 저렇게 무턱대고 갔지만 시간이 갈수록 알아주는 사람들이 생겨나기 시작했다. 이후 계속해 사진집도 내고, 전시회도 하고, 작품도 팔아 가며 생계를 이어가는 데는 그분들의 도움이 컸다. 하지만 이 작업을 꾸준히 하는 데 힘들게 만드는 문제가 있는데, 그것은 바로 대부분의 수익이 여행을 다녀온 후에 발생한다는 것이었다. 일단 가서 사진을 찍어 와야, 그 사진을 가지고 전시를 하든 책을 내든, 신문이나 잡지에 기고를 하든 해서 수익을 낼 수 있는 것이다. 그런데 여행 비용은 먼저 다 내고 나서야 떠날 수 있으니 이 심각한 불균형을 어찌할 것인가. 이 문제를 해결하기 위해 고민 끝에 시도한 것이 바로 〈찍히지 않은 사진을 팝니다〉 프로젝트다.

제목이 곧 내용인 아주 단순한 개념의 프로젝트였다. 말 그대로 아직 찍히지 않은 사진을 미리 파는 것이다. 사람들은 내가 찍어올 사진 중에 자신들이 좋아할 만한 작품이 있을 것임을 믿고 돈을 먼저 내고 선구입을 한다. 나는 그 비용으로 해당 지역에 가서 작업을 하고, 결과물을 가져오면 그때 선구입을 한 사람들은 원하는 사진을 골라 작품으로 가져가는 것이다. 이런 방식의 프로젝트를 처음 시도했던 것은 2015년 아시아 사진을 작업할 때였는데, 그때는 참여자가 많지 않았다. 이후 2017년 남미, 2018년 아프리카 작업에서도 시도했고, 할수록 참여하는 이들이 점점 늘어나게 되었다. 코로나 이후 3년 만에 다시 해외로 나갈 준비를 하며 텀블벅을 통해 이 프로젝트를 시도했을 때는 역대 가장 많은 선판매를 기록했다. 덕분에 그린란드, 페로 제도, 그리고 아이슬란드까지 사진 작업을 다녀올 수 있었다. 물가가 너무 비싼 곳들이라 결국에는 적자를 보고 말았지만 말이다. 이 프로젝트 또한 내가 원하는 곳으로 가기 위한 돈을 얻기 위한 것이었지, 통장에 잔고를 가득 쌓기 위해서, 돈을 쥐고 있기 위해서 시도한 것이 아니었다. 단지 나의 사진을 찍고 싶었다.

나는 경험을 저축한다

자랑은 아니지만 나는 저축을 하지 않는다. 사진 작업을 위한 여행 경비로 다 탕진하니 애초에 남는 돈도 별로 없지만, 이런저런 수익이 생겨도 일부러 저축해두려고 애쓰지는 않는다. 저축이 나쁘다는 것은 물론 아니다. 목돈이 필요할 때가 생길지도 모른다. 내가 저축을 하지 않는다는 것은 단순히 돈을 펑펑 쓰고 싶어서, 낭비하기 위해서 그러는 것이 아니다. 이는 돈에 대한 나의 철학과 깊게 연결되어 있다. 앞서 소개한 '돈은 물질이 아닌 도구'라는 말처럼, 나는 돈을 저축하는 것보다 경험을 저축하는 것이 더 좋다. 그편이 더 '경제적'이라는 믿음이 있다. 그래서 나는 돈을 저축하기보다는 쓴다. '나에게' 쓴다.

지금까지 살아왔던 인생을 돌아보면, 왜 그러고 살았나 싶었던 시간들이 분명히 있다. 지금 내가 하고 있는 일, 나의 인생과 전혀 상관없는 일들을 하기도 했다. 그렇다고 해서 그 시간들이 전부 낭비였다고는 생각하지 않는다. 우리 인생의 그 어떤 경험도 쓸모없지 않다. 그 모든 경험들이 모이고 모여 지금의 나를 만들었을뿐더러, 살아갈수록 어렵기만 한 인생이라는 녀석을 헤쳐가는 데 분명 도움을 주고 있는 것이라고 믿어 의심치 않는다. 국영수처럼 학교나 학원에서 배워야만 공부라고 생각할 수도 있겠지만, 배움은 어디에서든 가능하다. 나이가 들수록 점점 더 자신에게 익숙한 것들만 듣고 읽고 먹게 된다. 또 지금까지 해오던 일만 반복하면서 살기가 쉽다. 의식적으로 꾸준히 새로운 경험을 하고 또 배워야 한다.

나는 새로 나온 책들을 챙겨서 읽고, 유명한 영화부터 독립 영화까지 찾아내서 본다. 좋은 전시가 있다는 말을 들으면 아무리 멀어도 반드시 가서 관람한다. 좋은 음반들을 구입해서 들어보고 좋은 소리를 듣기 위해 헤드폰이나 음향기기를 사기도 한다. 커피를 잘 모르지만 전국의 다양한 카페들을 찾아 다니며 귀한 커피를 마셔 보기도 한 한다. 아메리카노 한 잔도 비싸다며 천 원짜리 커피가 나오는 세상인데, 몇만 원짜리 커피를 마셔 보기도 했다. 나는 이걸 돈 낭비라고 생각하지 않는다. 낭비란 그 가치를 하지 못하는 것에 썼을 때가 낭비다. 내 사진의 가치를 믿고 가격을 매겨서 팔고 있는 내가 다른 사람들이 혼신의 힘으로 만들어낸 것들에 대해 '비싸다'고 생각하면 안 된다. 절대값으로는 비싸다고 생각할지 몰라도 상대적으로 보면 그렇지 않다.

이 모든 경험들이 당장 나를 '밥 먹여주는', 돈이 되는 것들이 아닐지 모른다. 하지만 초밥 장인이 자신의 칼을 가는 것처럼 나는 내 눈을, 내 취향을 갈고 닦는 것이다. 돈으로 살 수 있는 것을 통해 돈으로도 살 수 없는 것을 얻는다. 이것이 내가 돈을 쓰는 법이다.

많은 사람들이 로또 대박을 꿈꾼다. 이 로또만 당첨되면 여길 뜬다며 농담을 하며 로또를 산다. 1등 당첨자가 많이 나왔다는 '로또 명당'에는 매일같이 긴 줄이 생긴다. 나는 한 번도 로또를 해보지 않았다. 도박 자체를 해본 적이 없다. 주식 또한 그렇다. 확률에 거는 것을 좋아하지 않는다. 나와 달리 아내가 로또를 좋아해서 결혼 후에 선물로 몇 번 사다 준 적이 있는데, 그때도 나는 그녀에게 말했다. 로또 당첨될 확률보다 내가 성공할 확률이 더 높다고. 로또 말고 케이채 로또, 케또에 걸라고. 농을 곁들인 말이지만 정말 그렇게 생각하고 있다. 물론 이는 나 자신에 대한 확신보다는 그만큼 로또라는 게 당첨될 확률이 낮다는 말이긴 하지만. 분명히 로또 보다는 내가 성공할 확률이 훨씬 더 높다(고 믿는다).

얼마 전 트위터에서 누군가 '천만 원도 없으면서 십만 원을 아무렇지도 않게 턱턱 쓰는 사람들이 이해가 안 된다'는 글을 보았고 이에 대한 내 생각을 말했다가 크게 논쟁이 된 적이 있다. 나는 이렇게 말했다. "절약하라는 전제에는 공감하지만 돈이 없을수록 오히려 돈을 써야 한다." 가진 게 얼마 안 된다고 그걸 다 꽁꽁 싸매고 있을 게 아니라 오히려 그 돈을 써서 나 자신을 더 발전시키는 것이, 그 돈을 저축하는 것보다 궁극적으로는 더 돈을 버는 일이라고 생각한다는 것이 내 말의 요지였다. 내 문장력이 부족했던 탓인지 다른 쪽으로 내 주장을 해석한 분들의 공격을 받아야 했지만 여전히 이 생각에는 변함이 없다. 물가는 갈수록 오르고 돈의 절대적 가치는 떨어져만 간다. 많은 이들이 미래를 위해 절약한다며 고통스럽게 현재를 보내는 것을 당연하게 여기는데 나는 여기에 공감하지 않는다. 미래의 하루가 오늘의 하루보다 더 소중하다고 생각하지도 않는다. 모두가 똑같은 내 인생의 하루다. 나 자신에게 꾸준히 새로운 경험을 선사함으로써 더 나은 사람이 된 오늘의 내가 미래의 나에게 더 많은 돈을 벌어줄 것이라고 믿는다.

오늘의 내가 미래의 나에게

일본의 유명 패션 브랜드인 '유나이티드 에로우'의 디렉터인 구리노 히로후미가 쓴 책인 『트렌드 너머의 세계』를 보면 이런 에피소드가 나온다. 2011년 동일본 대지진이 있은 후, 피해를 입은 지역 쪽의 매장이 이런 상황에 누가 옷을 사러 올까 반신반의하면서도 문을 열었는데, 그때 한 단골 고객이 와서 비싼 신상품들을 잔뜩 사기에 요즘 어디서 지내시냐고 안부를 물으니 지금 체육관에서 생활하고 있다고 말해 직원이 감동했다는 일화다.

나는 그 사람의 마음이 이해가 되었다. 일견 생각해 보면 지진으로 집이 날아갔는데 비싼 옷을 산다니 이는 분명 이성적이지 못하다. 여러 상황을 따져 보면 돈을 절약하는 것이 맞을 것이다.

앞서 트위터에서 벌어진 논쟁에서도 돈을 낭비하라는 게 아니라 자기 계발에 쓰라는 뜻이라고 나 대신 선해해주는 사람들이 있었다. 하지만 왜 내 자신의 행복에 쓰는 돈을 단순히 낭비한다고 생각하는 것일까? 나는 때로 우리가 자신이 행복을 느끼는 행위를 하는 데 너무 인색한 것이 아닌가 하고 생각할 때가 있다. 지금 당장 지진으로 집이 없어졌다고 해도, 좋아하는 브랜드의 최신 컬렉션 옷이 자기를 행복하게 했다면, 그 행복감에서 힘을 얻어 앞으로의 나날들을 더 열심히 살아갈 수도 있을 것이다. 매달 월세 내기도 버거운 사람이 파인 다이닝 식당에 가서 십만 원 넘게 썼다고 단순히 그것을 낭비라고 치부해 버려야 할까? 그 경험이, 그 행복감이 그 사람에게 어떤 힘을 줄지, 어떤 꿈을 꾸게 해줄지 모르는 일이 아닌가.

돈이 행복을 가져다주지는 않는다고 하지만 돈 없이 행복하기 어려운 것도 사실이다. 돈이 많다고 반드시 행복한 건 아니지만 지금 우리가 가지고 있는 많은 문제를 돈이 해결해 주는 것 또한 사실이다. 멋진 예술가처럼 고고하게 앉아서 나에겐 돈이 중요하지 않다는 식으로 말하고 싶은 생각은 없다. 그런 말을 하는 건 이미 돈이 충분히 있는 예술가뿐이다. 사진을 한 지 십수 년이 되어가도록 여전히 텅 빈 통장 잔고와 파산의 기로에 서서 살고 있기에, 나는 돈 걱정 하지 않는 그런 날이 오기를 바라고 또 바란다. 하지만 그날이 온다고 해도 나는 부자가 되지는 않을 것이다. 돈을 쌓아두고 모아두지 않을 것이다.

돈을 쓴다는 행위가 나라는 사람이 더 깊고 넓게 뿌리 내릴 수 있는 자양분이 되어주기를 빈다. 돈이 많은 미래도 좋지만 내가 조금 더 자라난 미래를 꿈꾼다. 적은 나이는 아니지만 아직도 나는 매일 조금씩이라도 더 나은 사람이 되고 싶다. 좋은 사람이 좋은 사진을 찍는다는 믿음이 있기에.

남형석

MBC 기자

신문기자, 방송기자, 뉴스 PD로 일하며 〈엠빅뉴스〉 〈로드맨〉 〈앵커로그〉 등의 뉴스 브랜드를 선보였다. 긴 휴직계를 내고 춘천에서 공유서재 '첫서재'를 여닫기도 했다. 지금은 다시 기자로 일하고 있다. 산문집 『고작 이 정도의 어른』 『돈이 아닌 것들을 버는 가게』를 썼다.

○ ○ ● ○ ○ ○ ○ ○ ○ ○ ○ ○ ○

돈 버는 직업인이자 생활인으로 돌아가더라도 결코 돈이 최우선 가치가 되는 생은 살지 않아야지. 어떤 중요한 판단을 할 때 돈보다 중요한 기준을 최소 한 가지씩은 둬야지. 스무 달의 춘천생활이 그러했던 것처럼. 첫서재에 찾아온 손님들이 건네고 간 교환 불가능한 선의처럼.

의무와

직업

사이에서

'연봉 10억 줘도 안 바꾼다, 이 ×같이 매력적인 직업, 기자.'

12년 전, 만 스물여덟 살의 일기장 한 페이지는 이렇게 끝맺음되어 있다. 젊은 날의 허세로 치부하기엔 당시 일기를 썼던 밤의 자부심과 묘한 흥분이 여전히 선명하게 각인되어 있다. 나는 막 2년차에 접어든 초짜 신문기자였고 이름도 생소한 나라 오만의 수도 무스카트에 머물고 있었다. 소말리아 해적이 화물선 '삼호주얼리호'를 납치한 사건이 터지고 며칠 지나지 않았을 때였다. 급파된 청해부대의 '아덴만 여명' 작전이 성공을 거뒀고, 삼호주얼리호의 석해균 선장은 총탄을 맞은 채 이곳 무스카트의 한 병원으로 실려 왔다. 언론사들은 너나 할 것 없이 기자들을 현지로 보냈다. 나 역시 그 중 하나였다.

무스카트 땅을 밟고 처음 이틀간은 그야말로 반쯤 넋이 나가 있었다. 평소처럼 아침에 회사로 출근했는데 갑자기 '집에 돌아가서 짐 싸들고 오후에 비행기 타라'는 편집국장의 지시에 따라 반나절만에 덜컥 이 생소한 나라에 발을 디뎠다. 해외 취재 경험이 일천한 풋내기 기자였던 데다 살다가 처음 들어본 나라에 내던져진 상황. 어디서부터 어떻게 취재를 해야 할지 가늠조차 되지 않았다. 그런 악조건에서 현지 교민의 도움을 받아 사흘 만에 어찌어찌 단독 기사 한 편을 생산해냈다. 작전 수행 중에 부상을 당한 청해부대원이 이곳으로 실려 왔는데 그 소식을 먼저 듣고 병원으로 달려가 단독인터뷰한 것이다. 그러니 얼마나 기뻤을까. 또 안도했을까. 술이 금지된 나라에서 처음으로 깊은 밤 콜라 한 병을 들이키며 그날의 나를 쓰다듬는 일기를 써 내려갔다.

그날 이전까지 1년간은 기자라는 직업이 나한테 과연 맞는지 의심스럽기만 했다. 대학 졸업을 앞두고 용케도 얻은 꽤 그럴 듯한 명함. 마음만큼은 미래의 앤더슨 쿠퍼를 꿈꿨지만 현실은 처절했다. 잠도 제대로 못 자고 휴일도 없이 일하며 욕도 매일 같이 들어먹었다. 경쟁에서 늘 뒤처지는 것만 같았고, 취재원을 쌓겠다며 술도 억지로 들이켜는 나날이었다. 이렇게까지 몸과 정신을 훼손해가며 고생할 만한 가치가 있는 직업인지 판단이 잘 서지 않았다. 당시만 해도 주52시간제는커녕 시간외수당이란 개념도 정확히 지켜지지 않을 때라, 초짜 기자들 사이에서는 '우린 시간 대비 노동으로 따지면 최저시급도 못 벌고 있다'는 푸념이 오가던 때였다. 어서 다른 직업으로 갈아타면 조금 더 편하거나 혹은 월급을 더 많이 받을 수 있을 것만 같았다. 그러나 그날, 그 멀고 낯선 땅에서 단독 기사를 낸 하루는 지난 1년의 묵은 고민과 푸념을 말끔히 씻겨 내렸다. 사건 현장이 어디라도 지체없이 달려가 취재하고 세상에 전파하는 직업. 내가 고르고 고른 단어와 문장 하나가 여론이 되는 멋진 직업이란 걸 그제야 처음 체감했다. 일기장에 '연봉 10억' 운운해가며 나의 직업을 스스로에게 한껏 추켜세울 만한 밤이었다. 돈도 벌면서 이렇게 자아실현까지 할 수 있는 직업이라니, 버리기엔 너무 아깝지 않은가. 그 이후 나는 신문사에서 방송사로 회사를 옮겼을 뿐, 10년이 넘도록 '이 ×같이 매력적인' 언론 바닥에서 월급을 받으며 연명하고 있다.

1년 뒤, 회사를 옮기고 나서 한 선배와 술을 마실 때였다. 당시 우리 회사는 긴 파업 중이었다. 한 고참급 선배가 어린 기자들을 위로한다며 한 턱 쏘는 자리를 마련했다. 어린 간덩어리들에 홀몸으로 맞선 선배는 결국 우리보다 먼저 잔뜩 취해 고개를 조금씩 가누지 못하기 시작했다. 그러다가 어느 순간 테이블을 향해 얼굴을 푹 떨구면서 이렇게 말했다.

"기자가 직업이냐?"

무슨 말인지 이해하지 못했던 우리들은 아무도 대답하지 않았다. 선배는 다시 말을 이어갔다.

"기자가 직업이냐고?"

그럼 직업이지 직장인가 싶었지만, 입사한 지 얼마 되지도 않았기에 그저 듣고만 있었다. 다른 동료 기자들도 거나하게 취한 선배와 토론을 전개할 필요성을 느끼지 못하고 있는 듯했다. 선배는 결국 자문자답을 했다.

"기자는 직업이 아니야. 기자는 의무야."

쿵, 하는 소리와 함께 선배의 뺨이 테이블에 꽂혔기에 우리는 왜 기자가 의무인지 그 이유까지 듣지는 못했다. 선배는 우리 회사의 대표적인 '일 잘하고 성과 잘 내는' 기자였다. 많은 후배 기자들의 귀감이 되고 있던 만큼 나 역시 그가 취한 와중에 한 얘기를 귀담아들으려 애썼다. 직업이 아니라 의무라니. 아마 그는 기자를 돈벌이 수단으로만 여기지 말라는 조언을 하고 싶었을 것이다. 직업이라는 단어는 '생계유지'라는 목적을 필연적으로 동반하기 마련이니까. '마땅히 해야 할 일'을 뜻하는 '의무'가 돈벌이에 앞선다는 걸 그는 후배들에게 강조하고 싶었던 모양이다.

비단 그뿐만이 아니다. 언론계에 몸담고 있으면 기자라는 직업 뒤에는 유독 '윤리'라거나 '의식'이라는 뒷말이 자주 붙는 걸 들을 수 있다. 그만큼 공익성과 양심을 지향하는 직업이라는 자부심이 내부자들의 내면에 혈액처럼 순환하고 있는 것이다. 밖에서 자주 들려오는 '기레기'라는 비아냥도 어쩌면 기자가 직업보다 의무로 더 기능하기를 바라는 대중의 기대를 반영한 조어 아닐까. 몸값으로 나를 얼마나 인정해주는지 가늠하고 그 기준에 따라 이직을 하는 다른 직업 생태계에 비해, 기자라는 직업은 '돈보다 더 중요한 가치가 있다'는 의식을 내외적으로 공유하고 있는 셈이다. 매년 여러 기관에서 발표하는 언론사의 영향력 및 신뢰도 순위를 살펴봐도 그렇다. 기자지망생을 상대로 한 '가장 가고 싶은 언론사' 순위도 마찬가지다. 결코 언론사의 연봉 순위와 일치하지 않는다. 오히려 연봉이 비교적 적다고 소문난 언론사들이 수위를 다투는 조사도 빈번하게 발표된다. 다른 분야에서는 상상하기 힘든 결과 아닐까. 기자의 자질 역시 기사의 질이나 영향력으로 판단하지, '저 기자가 얼마나 높은 연봉을 받는지'로 가늠하지는 않는 편이다.

이렇듯 돈보다 고상한 가치를 추구해야 한다는 정서가 공유된 집단이지만, 그렇다고 해서 돈과의 상관관계에서 완전히 벗어나 있다고 단언할 수 있을까? 물론 그건 거짓말일 것이다. 일단 나부터 그렇다. 기자는 이제껏 내가 사회생활을 하면서 유일하게 택한 직업이지만 직장은 벌써 두 번이나 옮겼다. 인터넷언론사 기자에서 신문사로, 그다음 방송사로 차례차례 이직했다. 그럴 때마다 내 월급은 100만 원도 넘게 올랐다. 회사를 옮기기로 결심한 데는 백 가지 이유가 얽혀 있었지만 가장 강한 동기가 무엇이었는지 묻는다면 '돈은 아니었다'고 두 눈 부릅뜨고 말할 수 있을까? 자신이 없다. 비단 나만의 사례는 아닐 것이다. 연봉을 더 적게 주는 언론사로 이직하는 기자는 극히 드물다. 설사 그곳이 영향력이나 신뢰도가 더 높고 대중의 지지를 더 받고 있는 언론사일지라도 기자들의 선택은 대개 마찬가지다. 의무감이 아무리 충만할지라도 '직업으로서의 기자'의 틀은 기자 개개인이 쉽게 벗어던질 수 없는 셈이다.

기자가 연봉에 대해 고민하기 시작하는 지점은 다른 직업군에 비해서는 비교적 늦게 찾아오는 편이다. 보편적으로 기자는 초봉에 비해 연봉인상률이 적은 대표적인 직군에 속한다. 그 이유를 정확히 증명할 수는 없겠지만 아무래도 다른 기업과 달리 처음 몇 년, 그러니까 팔팔하게 현장을 돌아다니는 초짜 시절에 (회사 입장에서)더 요긴하게 써 먹을 수 있기 때문 아닐까. 저연차에 '밥값을 더 하는' 셈이니까. 그렇다 보니 처음 입사할 때엔 다른 직업군 친구들에 비해 연봉이 크게 부족하지 않더라도 결국 5년이 지나고 10년이 지나면 연봉 격차는 점점 벌어진다. 열심히 일만 하는데 상대적으로 생활 수준의 격차가 벌어지는 걸 체감하고 있으면 아무래도 박탈감이 커지고 돈 생각도 더 날 수밖에 없다. 대표적인 진보 언론에 몸 담고 있는 한 선배는 술자리에서 이렇게 한탄하기도 했다.

"기자도 별 수 없어. 엄마아빠가 되는 순간 다 생계형 직업이 되고 보수화되는 거야. 나도 그렇고."

기자 집단을 바라보는 대중의 시선 역시 돈과의 상관관계를 겨냥할 때가 많다. 기자는 돈이 아닌 것들을 중시한다고 내세우면서도 뒤로는 그 어느 집단보다 돈과 쉽게 결탁하는 위선적인 직업으로 비치기도 한다. 기자 생활을 해보니 그 시선이 억울한 면도 있지만 아예 부정하기는 힘들었다. 몸 담고 있는 언론사의 영향력을 업고 있는 한 기자는 어디서나 갑의 대우를 받기 쉽다. 90년대까지만 해도 '기자증만 주면 됐지 뭘 월급까지 주냐'고 말하고 다니는 언론사 사장도 있었다고 한다. 기자증으로 해먹을 게 월급보다 충분히 많은 시대였다는 거다. 물론 지금은 거의 사라진 악습이겠지만 여전히 기자는 나쁜 돈에 쉽게 노출되는 직업임은 분명하다.

취재기자로 일한 몇 년간 나 역시 세 차례나 돈봉투를 건네받을 뻔했다. 제주 조폭끼리의 다툼을 취재하러 갔을 때는 양측 중간두목이 서로 주머니에 봉투를 찔러넣어 주려 했고, 입찰 비리를 제보한다던 한 건설업자는 증거자료라며 내민 서류 봉투에 빳빳한 5만 원 다발을 욱여넣어두며 스스로 비리의 주체가 되려 했다. 송전탑으로 불편을 호소하던 한 시골 마을 주민대책위의 대표 어르신은 취재를 마치고 떠나는 차량에 갑자기 하얀 봉투를 던져 넣기도 했다. 세 차례 모두 바로 정색하며 돌려주어 상황을 수습했지만, 제각기 의도는 달랐을 그들의 공통분모를 얼핏 가늠해 볼 수는 있었다. 그들은 모두 '기자는 돈에 약하다'는 걸 경험적으로 학습했을 것이다. 물론 경험이 아닌 보편의 정서 혹은 편견이었다면 그나마 다행이겠지만.

이렇듯 기자는 돈보다 중요한 가치에 자부심을 느끼면서도 동시에 돈에서 자유로울 수 없는 직업이다. 임금 인상이 아닌 '공정보도'를 이유로 당장의 월급을 포기하고 파업을 감행하는 집단이면서도 동시에 대중의 날카로운 시선에는 '뒷돈 밝히는 위선자들'로 규정되기도 하는 집단이다. 꼭 부정한 돈이 아니라도 생활인으로서 기자는 다른 직업군 종사자와 마찬가지로 당연히 돈에 얽매이며 살 수밖에 없다. 이 모든 얼굴이 기자의 본모습일 터이다. 나 역시 이러한 틀에서 자유로울 수는 없었다. '나는 돈만 버는 사람들과 달라, 나는 기자야'라는 알량한 우월감은 세월이 흐르고 경험이 쌓일수록 무력해졌다. '연봉 10억을 줘도 직업 안 바꾼다'고 일기장에 적어 내리던 초짜 기자는 어느새 식솔들의 머릿수와 앞으로 그들을 감당해야 할 시간을 비용으로 치환하는 '생활인 1'이 되었다. 존경하던 선배와 달리 나이가 들수록 회사를 다니는 이유의 무게추는 '의무보다 직업' 쪽으로 서서히 기울어가고 있었다. 그렇다고 돈과 현실 앞에 완전히 항복을 선언하기엔 직업적 자존심이 아예 무너져내린 것도 아니었다. 그렇게 기자와 월급쟁이라는 두 정체성 사이에서 아등바등 애를 쓰며 살아오다 어느덧 10년이 지났다. 직업적 의무감도 느슨해졌지만 그렇다고 영민하게 돈도 벌지 못한, 이도 저도 아닌 중년 기자가 되었다.

마흔 살에 접어들던 봄. 나는 회사에 스무 달이 넘는 긴 휴직계를 냈다. 그리고 뜬금없이 서울 생활을 접고 춘천으로 향했다. 연고도 없는 소도시에서 가족과 함께 스무 달의 휴직 생활을 보낼 요량이었다. 지난 10여 년간 직업인으로 일하며 번 돈을 덜컥 다 쓰기로 작정하고 구도심의 옛 골목에 라일락 나무가 있는 자그마한 폐가를 사들였다. 그리고 읽고 쓰며 사람들을 초대할 만한 공유서재로 고쳐 지었다. 이름은 '첫서재'라고 지었다. '첫'이라는 글자가 주는 서투른 매력에 이끌려 정한 이름이었다. 프로의 세계에서 지나치게 능숙하고 익숙한 척하며 살아온 날들에 대한 반감 또는 반성이었을지도 모르겠다.

이곳에서 나는 공간의 일부를 돈이 아닌 것들을 받고 누군가에게 내어드렸다. 다락방 북스테이를 하러 온 손님에게는 숙박비를 5년 뒤에 돈 아닌 걸로 받기로 약속받았고, 자신의 이야기를 편지로 쓰고 가는 손님에게는 따로 공간 이용값을 받지 않는 식이었다. 왜 그런 공간을 기획했냐고 누가 물을 때를 대비해 거창한 대답도 마련했지만 실은 그냥 '돈 버는 일'에 좀 지쳐 있었던 것 같다. 그동안 꼬박꼬박 돈만 벌며 살아왔으니 이번 스무 달의 휴직 기간만큼은 돈 말고 다른 무언가를 벌어보겠다는 반항기 어린 심산도 있었다. 직업적 자부심이 무너지며 드러난 돈에 관한 나의 민낯에 다른 방식으로 분칠을 하고 싶었던 걸지도 모르겠다. 어쨌거나 직장생활을 하면서 자꾸 돈 버는 일에 몰두하는 쪽으로만 삶이 흐른다는 감각이, 이렇게 살다 보면 어느 순간 되돌릴 수 없을 만큼 흘러가 버릴 수도 있겠다는 두려움이 '다른 도시에서의 다른 삶'으로 향하는 첫 물꼬를 튼 것만은 분명하다.

처음에는 하루 한두 명의 손님만 이 외진 언덕배기 골목의 작은 서재를 찾아주었다. 대개는 다락방에 머물러 온 손님, 혹은 돈 대신 내어줄 이야기를 아기처럼 품고 멀리서 찾아온 손님이었다. 누군가는 그림만 그리며 살고 싶은데 마땅한 작업실 하나 구하기 힘들어 찾아왔다고 했고, 누군가는 영화를 찍고 싶어 영감을 얻기 위해 왔다고 했다. 또 다른 누군가는 하늘로 떠난 아빠 혹은 떠나버린 옛사랑에게 편지를 쓰러 왔다며 펑펑 울다 떠났다. 돈 대신 드릴 게 이것밖에 없다며 며칠 내내 손수 만든 뜨개 작품이나 음식을 건네고 가는 손님도 있었다. 다음 손님께 드리라며 미리 음료나 다과를 사서 두고 가는 이도 있었다. 그런 사람들을 떠나보내고 나면 나는 매번 속절없이 멍한 기분에 휩싸였다. 삶을 계단처럼 뚜벅뚜벅 오르던 내게 그들의 뒷모습은 마치 수평선을 향해 느긋하게 유영하는 물고기들처럼 보였다. 내가 고작 휴직 기간만이라도 그렇게 살아보고자 애쓴 바로 그 삶을, 평생 아무렇지 않게 살아온 듯한 존재들처럼 말이다. 삶이란 게 원래 다 그렇다는 듯이. 그렇게 찾아온 이들을 같은 자리에서 맞이하고 보내드리는 일상을 반복하는 사이, 서재 앞마당 라일락 나무는 꽃을 피우고 잎이 무성해졌다 노래지고 앙상해지기를 두 차례 반복했다. 어느덧 스무 달이 지났다.

태생부터 시한부 운명이었던 첫서재는 예정대로 문을 닫았다. 언감생심 돈으로 환산할 수 없는 수많은 유산을 얻었지만 그 끝은 결국 월급쟁이로의 귀환이었다. 마음이 흔들린 적도 많았지만 결론적으로 나는 언론 바닥으로 돌아가 돈을 고정적으로 버는 삶에 다시 몸을 욱여넣기로 했다. 기자라는 업에 미련이 남아서였을까? 물론 기자를 더 잘해보고픈 마음이 불쑥 샘솟은 적도 있지만 돈이 다 떨어진 탓이 가장 컸다. 돈이 아닌 것들을 계속 벌기 위해서는 돈부터 벌고 봐야 한다는 현실만 뼈저리게 체득한 셈이다. 그렇게 회사로 돌아가기로 결심하고 마지막 여행을 떠나던 밤. 오랜만에 일기장을 꺼내 들었다. 기자와 생활인 사이, 공적 의무와 월급 사이에서 방황하던 시절을 애써 복기한 뒤 첫서재에서 지난 스무 달간 얻은 것들을 하나하나 적어 내리기 시작했다. 긴 긴 글의 마지막 줄에 이르러서는 오래 다듬은 약속 하나를 종이에 새겨넣었다. 12년 전 패기 넘치던 한 마디 정도는 아니지만 더 차분하고 단단해진 마음으로 스스로에게 내건 원칙이었다.

'돈 버는 직업인이자 생활인으로 돌아가더라도 결코 돈이 최우선 가치가 되는 생은 살지 않아야지. 어떤 중요한 판단을 할 때 돈보다 중요한 기준을 최소 한 가지씩은 둬야지. 스무 달의 춘천 생활이 그러했던 것처럼. 첫서재에 찾아온 손님들이 건네고 간 교환 불가능한 선의처럼.'

기자질을 멈추고 시작한 휴직 생활은 그렇게 내게 가장 단정한 유산을 남기고 마무리됐다. 어쩌면 의무와 직업 사이의 균형 감각을 잃지 않으며 살기 위한 최후의 버팀목을 그사이 본능적으로 다듬은 걸지도 모르겠다. 더 오래, 질기도록 '기자'로 살아내기 위해.

김의성

배우

대학 2학년 때 연극부에 들어가면서 연기를 시작했다. 〈부산행〉〈강철비〉〈자산어보〉〈미스터 션샤인〉〈모범택시〉 등 수많은 작품에 출연했다.

○ ○ ○ ● ○ ○ ○ ○ ○ ○ ○ ○ ○

프리랜서라면 일을 하고 받는 대가, 흔히 말하는 '페이pay'에 관해 정확한 견해와 기준을 가지고 있어야 한다. 프리랜서에게 일과 삶은 상당 부분 일치하기 때문이다. 자기가 좋아하는 일을 하며 생활을 꾸려가는 프리랜서에게 일은 곧 삶이고, 삶이 곧 일이지 않은가. '너무나 존경하지만 싸게 해주세요.' 미안하지만 이런 건 존재하지 않는다.

내가

돈을 많이

받고 싶은 이유

그때는 부족하고 지금도 부족하다

13년 전, 나는 크진 않았지만 갚을 길이 막막한 빚을 지고 있었다. 빚을 갚아야 했지만 갚기는커녕 하루하루 생활을 이어 갈 돈조차 벌 수 없었다. 아무리 머리를 싸매고 생각해 봐도 돈을 벌 수 있는 어떤 방법도 떠오르지 않았다. 참담하고 무기력하고 절망적인 나날을 보내고 있었다.

게다가 몇 가지 개인적인 큰 사건도 겪어야 했다. 그 일을 겪은 뒤, 나는 십여 년 동안 접어두고 있었던 프리랜서 일 그러니까 배우 일을 다시 하기로 결심했다.

개인적인 큰 사건에 대해서는 따로 이야기하지 않겠다. 누구나 살다 보면 자기 인생이 나아가는 각도를 살짝 비트는 모종의 사건을 경험하게 된다. 그 사건은 아주 사소한 일일 수도 있고 엄청나게 큰 사건일 수도 있다. 무라카미 하루키처럼 야구장에서 아름다운 포물선을 그리며 시원하게 뻗어가는 타구를 보며 재즈바 사장에서 소설가로 인생의 항로를 바꾸겠다는 결심을 하는 사람도 있고, 누군가를 잃는 큰 슬픔을 겪고 나서야 비로소 인생의 방향을 바꾸는 사람도 있다.

지금 생각해 보면 그 사건은 아무것도 아니라면 아무것도 아니라고 할 수도 있지만, 당시에는 한동안 잊고 있었던 배우 일을 다시 하게 할 만큼 의미 있는 사건이었다는 것만 말해 두고 싶다.

흔히들 프리랜서가 되어 일을 시작하면 일이 바로바로 들어올 것으로 생각하지만, 세상은 그렇게 우습고 만만한 것이 아니다. 월급쟁이가 가장 편하다는 말은 괜히 있을까?

나는 운이 좋았다. 인정한다. 다시 생각해봐도 정말로 운이 좋았다. 얼마 지나지 않아 일거리들이 조금씩 잡히기 시작한 것이다. 일이 조금씩 들어오면서 그럭저럭 입에 풀칠이나마 할 수 있게 됐다.

프리랜서를 시작한 후 처음 생긴 일거리는 사흘 동안의 촬영이었다. 개런티는 5백만 원이었는데, 매니저 몫을 제하고 나니 내게는 약 4백만 원가량의 돈이 떨어졌다. 사흘 동안 일한 셈 치고는 적지 않은 돈이었다.

첫 돈벌이를 해내고 나니 자신감이 밀물처럼 차오르면서 머릿속에서는 계산기가 바삐 돌아가기 시작했다. 열심히 계산기를 두드려 본 결과, 1년에 9천만 원을 벌겠다는 야심 찬(!) 목표를 세울 수 있었다.

고작 사흘 동안 일하고 5백만 원을 벌었으니 20일쯤 일하면 3천만 원은 벌 수 있을 것이고, 그런 일을 1년에 3개만 잡으면 9천만 원은 벌 수 있다! 이것저것 떼고 나도 내게는 7천만 원이 남는다! 그 돈이면 빚을 갚아 가면서 생활이 가능하다!

지금 생각해 보면 그 계산은 참으로 무근거의 무모한 계산이었다. 업계는 이처럼 건방지고 당돌한 나를 비웃기라도 하듯, 보란 듯이 6개월 동안의 실업 기간을 경험하게 해주었다.

그 시간을 또 어떻게 견뎌냈는지 지금은 잘 기억나지 않는다. 기억이 외부의 자극에 쉽게 영향을 받는다는 사실이 이럴 때는 참 편리한 것 같다. 기억은 통째로 저장되지 않고 조각으로 나뉘어 저장된다고 하는데, 이로 인해 기억은 우리가 그 기억을 필요할 때 재구성되는 것이며, 그래서 지금 내가 떠올리는 기억은 '현재의 나를 정당화하기 위해 과거가 재구성되는 과정'이라는 이야기를 어디선가 들은 적이 있다.

어쨌든 과거의 괴로움을 재생하기 싫어 과거를 왜곡하거나 스스로 지워지는 기억이 나는 고맙기만 하다. 지금의 내게는 생수 사 먹을 돈이 없어서 30분 정도 거리의 약수터에서 약수를 떠다 먹은 기억이 있다. 그런데 그 기억은 페트병 몇 개를 배낭에 담아 약수터까지 걸어갔는데 수질 검사 부적격 공지가 붙어 있어 좌절감을 느꼈다는, 약간은 시트콤스러운(?) 몇 개의 희미한 장면으로만 남아 있을 뿐이다.

가난은 우리 속에 숨어있는 겸손이라는 태도를 불러와 손을 잡게 해준다. 하지만 가난의 기간이 길어지면 겸손은 손을 뿌리치고 달아나버린다. 절망이라는 늑대가 어슬렁거리며 다가오기 때문이다. 겸손은 토끼처럼 겁이 많고 재빠르다.

다행히 늑대가 눈을 번뜩이며 나를 향해 슬슬 다가오기 시작할 무렵, 구원의 병사처럼 두 번째 일이 들어왔다. 그리고 세 번째, 네 번째 일이 연이어 들어왔다.

다시 한번 말하지만, 나는 운이 좋았다. 세상을 살아가면 살아갈수록 '운칠기삼'이라는 말에 고개를 끄덕이게 된다. 그것 말고는 딱히 설명할 도리가 없는 일이 부지기수로 일어난다. 아무리 노력해도 운이 좋은 사람을 이길 수는 없다는 말, 맞다. 허탈하고 허망하고 억울하지만 인정하는 수밖에 없다. 이 사실을 인정하지 않을수록 나만 더 못나고 속 좁은 사람이 되기 때문이다. '운칠기삼'이라는 말은 때로 우리의 부족한 재능을 정당화하는 말로 사용되기도 하고, "감사합니다. 운이 좋았을 뿐입니다"라는 말과 함께 사용되어 우리를 겸손한 사람으로 만들어주기도 한다.

어쨌든 운이 좋았다는 말 말고는 달리 설명할 수 없는 일들이 계속해서 일어났고, 그렇게 십 년이 흘렀다. 그동안 개런티도 많이 올라 밥벌이에 관한 걱정은 더 이상 하지 않아도 될 만큼 형편이 많이 나아졌다. 아니, 지금은 밥벌이 수준을 훌쩍 뛰어넘어 예전에는 꿈도 꾸지 못했던 수입을 올리고 있다.

하지만, 하지만, 하지만 돈은 여전히 부족하다. 누군가가 마법을 부리는 것만 같다. 가난했을 당시 내가 행복과 안정의 기준으로 생각했던 돈보다 지금은 몇 배를 더 벌고 있는데도 말이다.

도대체 왜 돈은 언제나 부족하기만 한 것일까? 곰곰이 생각해 본 끝에 그 이유를 알아냈다.

돈이 없을 때는 오늘만 살면 되는데, 돈이 생기면 내일까지 걱정하기 때문이다.

그때의 가난했던 나는 하루하루 먹고 마실 수 있다는 사실에 만족하며 행복했다. 그런데 지금은 늙어 죽을 때까지의 미래를 걱정하고 있다. 그러니 당연히 돈이 부족할 수밖에. 게다가 씀씀이도 당시와 비교해 몇 배나 늘어났다. 너무도 자연스럽게 아무렇지도 않은 듯 버는 만큼 쓴다.

한 끼 식사에 일 인당 3만 원에도 손을 벌벌 떨던 사람이 이제는 10만 원이 넘어가도 그러려니 하며 지갑을 연다. 일말의 주저함도 없다. 여행을 갈 때도 비행기는 무조건 비즈니스석부터 알아본다. 묵으려고 하는 숙소의 가격 기준도 당시에 비해 두세 배는 올라가 있다.

이상한 일이다. 돈의 액수로만 따진다면 분명 만족해야 하는 상황인데 현실은 전혀 그렇지 않다. 아마 이런 상태는 작게나마 성공한 모든 사람이라면 공통적으로 경험하지 않을까 싶다.

통장에 찍히는 돈의 액수만 보면 분명 만족해야 하는 상황인데 언제나 쪼들리는 상황.

답은 뭘까?

고민 끝에 내린 결론은 씀씀이를 늘리지 말고 오늘 하루를 살아내는 데 집중하라는 것. 하지만 이게 말처럼 쉬운 일이 결코 아니다.

많이 버는 것은 좋은 일이 틀림없지만 그것만으로는 모든 게 해결되지는 않는다.

경제적 만족감을 확보하는 일. 프리랜서라면 그리고 직업인이라면 반드시 풀어야 할 숙제가 아닐까 싶다.

돈은 존중이다

이제는 돈에 관한 조금 더 실제적인 이야기를 해보겠다. 정확히 말하자면 보수에 관한 이야기다.

프리랜서라면 일을 하고 받는 대가, 그러니까 우리가 흔히 말하는 '페이'(pay)에 관해 정확한 견해와 기준을 가지고 있어야 한다고 생각한다. 이렇게 해야 하는 이유는 일을 더 잘하고 더 나은 삶을 살기 위해서다. 프리랜서에게 일과 삶은 상당 부분 일치하기 때문이다.

자기가 좋아하는 일을 하며 생활을 꾸려가는 프리랜서에게 일은 곧 삶이고, 삶이 곧 일이지 않은가.

내게 작품을 선택하는 기준이 뭐냐고 묻는 사람이 많다. 나는 세 가지로 답한다.

첫 번째는 캐릭터다.

캐릭터가 입체적인가, 욕망이 강한 캐릭터인가, 주인공에게 영향을 충분히 미치는가와 같은 기준으로 캐릭터를 선택할지 말지를 판단한다. 그래서 맨날 악역을 고르는 함정에 빠지는 것인지도 모른다.

두 번째로, 함께 일하는 사람들을 본다.

나와 함께 촬영장에서 고락을 같이할 사람들 그러니까 감독과 작가, 배우와 스태프들이 내가 믿고 존중할 수 있는 사람들인가를 보는데, 사실 이 부분은 조금 소극적인 판단을 할 때가 많다.

양아치가 아니고, 바보가 아니고, 욕심쟁이가 아니라면 괜찮다고 생각하며 작품을 선택할 때가 많다.

세 번째로, 돈을 따진다. 어쩌면 사실, 이것이 첫 번째일 수도 있다.

이왕 돈에 관해 말하는 자리니까 솔직히 말하겠다. 나는 돈을 많이 받고 싶다.

돈을 많이 받는다는 것은 무조건 좋은 거지, 거기에 무슨 이유가 필요하냐고 묻겠지만 나에게는 돈을 많이 받고 싶은 나만의 이유가 몇 가지 있다.

세상일에는 이유를 설명할 수 없는, 그리고 굳이 이유를 설명할 필요가 없는 일이 많이 있다. 하지만 '내가 돈을 많이 받고 싶은 이유' 같은 건 어느 정도 멋지게 설명할 수 있어야 한다고 생각한다.

내가 돈을 많이 받아야 하는 이유는 대략 다음과 같다.

우선 단위 프로젝트 당 돈을 많이 받을 수 있다면 내가 참여해야 하는 프로젝트의 개수를 줄일 수 있다. 프로젝트를 적게 한다면 당연히 프로젝트 당 기울이는 노력과 시간을 더 쏟을 수 있다는 계산이 나온다. 나는 캐릭터를 더 깊이 연구할 수 있고, 연습을 더 많이 할 수 있고, 그만큼 내 연기의 밀도 역시 달라질 것이다. 내가 참여한 프로젝트는 더 좋아질 것이고, 그만큼 내 작업에 대한 나의 만족도도 커질 것이다.

프리랜서는 자신의 작업에 대해 스스로 만족할 수 있어야 한다. 이건 아주 중요하다. 자기부터 만족하지 않으면 결과물은 나아지지 않는다. 작업이든 인생이든 남을 만족시키는 것도 중요하지만 스스로가 먼저 흡족해해야 한다. 프리랜서라면 더더욱. 자신의 작품을 바라보며 팔짱을 낀 채 가장 먼저 흐뭇한 미소를 띠어야 할 사람은 바로 자기 자신이다.

그리고 돈은 무엇보다 존중이다. 누군가가 나에게 많은 개런티를 책정했다는 건 그만큼 나를 필요로 한다는 뜻이 아닐까. 지금까지의 내 경험과 내가 이룩한 성과를 성공적이라 평가하고, 그 업적을 존중하니까 내게 개런티는 많이 주는 것이다.

"너무나 존경하지만 싸게 해주세요." 미안하지만 이런 건 존재하지 않는다.

돈은 존중을 강제하기도 한다.

프리랜서를 막 시작했을 때였다. 어떤 프로젝트에 참여하게 됐는데, 그 작품을 만드는 프로덕션은 예산이 많이 부족했다. 나는 내가 받아야 할 개런티의 40퍼센트 정도밖에 되지 않는 돈을 받고 참여했다. 제작자는 내게 연신 고맙다며 고개를 숙였고, 은혜를 꼭 갚겠다는 말을 몇 번씩이나 했다.

그리고 몇 년 뒤 그 프로덕션에서 거대 예산의 대작을 만들게 됐다. 그 제작자는 내게 작품에 참여할 수 있는지 물어왔는데, 그가 내게 제시한 개런티는 전작과 같은 금액이었다. 몇 해 전 내가 40퍼센트의 개런티를 받고 참여했던 배려가 그에게는 전혀 배려로 받아들여지지 않았던 모양이다. 나는 그저 그 가격에도 일을 맡길 수 있는 저렴한 배우였을 뿐이었던 것이다.

내 경험에 미루어 볼 때, 오랫동안 밀당을 하고 홍정을 한 후 많은 개런티를 받게 되었을 경우, 작업 과정에서 오히려 더 훌륭한 대접을 받는 경우가 많았다. 그들은 나를 조금이라도 돈을 더 받아내려는 탐욕스러운 배우로 절대 생각하지 않았다. 그들은 나를 비싼 배우라고 여겼고, 그래서 나를 더 귀하게 대접했다.

오해하지 마시길. 앞서 말한 것들은 내가 나 자신의 가치를 객관화해 합리적인 선에서 교섭한다는 전제에서 하는 얘기다. 내가 얼토당토않은 개런티를 부른다는 것은 절대 아니다.

내가 이 자리에서 말하고자 하는 것은 개런티 혹은 페이를 교섭하는 과정에서 '에이, 그래도 돈보다는 일이 중요하지' 하는 생각으로 쉽게 넘어가지 않았으면 한다는 것이다. 일을 하는 데 있어 개런티의 교섭 과정이 어쩌면 가장 중요한 부분일 수도 있다.

마지막으로 꼭 덧붙이고 싶은 말이 있다.

다음에 잘해주겠다는 말도, 그 말을 하는 사람도 믿지 마세요.

내가 중요한 사람이면 지금 잘해줍니다.

이
연

드로잉 에세이스트·디자이너

유튜브 채널 〈이연〉(LEEYEON)을 통해 83만 구독자와 소통하고 있다.
지금은 1인 회사 '이연 스튜디오'의 대표로서 다른 누구도 아닌 자기 자신에게 소속되어 움직이고 있다.
그림 에세이 『매일을 헤엄치는 법』을 썼다

○ ○ ○ ○ ● ○ ○ ○ ○ ○ ○ ○ ○

내가 누군가의 시간을 샀을 때 벌게 된 시간 동안, 내가 지불한 돈보다 더 많은 돈을 벌 수 있다면 시간을 사도 된다. 처음엔 시간을 팔아서 돈을 벌지만, 일정 수준이 넘어가서는 시간을 팔면 안 된다. 시간이야말로 돈으로 사기 어려운 것이다.

예술가로

살아남기

예술을 하면서 어떻게 돈을 버는가? 어려운 질문이지만 나는 여기에 대한 대답이 단순하다고 믿는다. 살아남은 사람이 돈을 버는 것이다. 나는 겨우 삼십 대 초반인데 주위에 창작을 포기한 사람을 아주 많이 봤다. 어떤 분야든 자신의 일을 오래 이어가는 사람은 언제나 귀하다. 그것만 해도 이미 가치를 지니고 있고, 돈은 귀한 사람을 따르는 법이다. 그래서 나는 돈을 버는 방법보다는 살아남는 방법에 대해서 말하고 싶다.

십 대일 때 나는 만화책 '살아남기' 시리즈를 열심히 탐독했다. (2000년대 초반부터 출간되기 시작해 약 10년 동안 총판매 부수 1,000만 부 이상이라는 기록을 세운 '서바이벌 만화 과학 상식' 시리즈. 화산 · 초원 · 바다 · 시베리아 · 동굴 · 산 · 지진 · 남극 · 우주 등지에서 주인공이 살아남는 과정을 담고 있다.) 주인공 일행이 정글이나 시베리아, 동굴 등을 여행하다가 늘 낙오하게 되어 위기에 빠지는데, 잘 살아남아서 돌아왔다는 것이 기본 서사다. 그 책을 읽다 보면 어쩐지 나에게도 그런 일이 생길 것 같은 예감이 들었다. 그래서 대비 차원에서 체온 유지하기, 움집 만들기, 불 피우기, 먹어도 되는 버섯 구분하기 등을 기억해 두었다. 현실에서 이러한 지식을 쓸 일은 한 번도 없었지만 그럼에도 살아남기 시리즈가 내게 준 교훈은 매우 컸다. 실제로 세상에서 살아남는 데 필요한 게 오지에서 필요한 것과 크게 다르지 않았기 때문이다. 예술가로 살아남는 것도 마찬가지다. 다들 재능 또는 실력이 좋은 사람이 살아남는다고 생각한다. 하지만 내가 지켜본바, 살아남은 예술가들은 서바이벌에 강한 사람들이다.

그림이나 글쓰기, 음악 등 본인의 분야는 알아서 잘하리라 믿는다. 근데 문제는 그것'만' 하는 사람들이다. 나는 꿈을 못 찾아서 방황하는 사람보다, 꿈을 찾았다고 하며 하나에만 매진하는 사람이 그렇게 위험해 보인다. 분야를 막론하고 살아남으려면 한 가지 기술로는 부족하다. 누군가는 네가 누군데 그런 말을 하냐고 반문할 수 있겠다. 나는 일단 살아남기 시리즈를 열심히 보고 자란 사람이기도 하고(!) '스타벅스 커피 코리아'에서 디자이너로 근무를 했었고, 〈세상을 바꾸는 시간〉에서 두 번의 강연을 하고, 두 권의 책을 썼으며 둘 다 출간하자마자 베스트셀러가 되었다. 동시에 80만 명이 넘는 팔로워를 둔 유튜버이기도 하며, 매달 1,000만 원 이상의 수익을 올린다. 아직 부자는 아니지만, 어린 나이에 꽤나 괜찮은 서바이벌 능력을 갖춘 사람이니 열린 마음으로 이 글을 읽어주길 바란다.

1. 체온 유지하기

나는 사람마다 각기 다른 온도를 타고난다고 본다. 나의 경우 찬 성질인데 이런 사람들은 예민하고, 조용한 곳에 머물러야 하고, 몸을 따뜻하게 해줘야 한다. 이게 창작과 대체 무슨 관련이 있냐고 생각할 수도 있는데, 본인의 체온과 잘 맞지 않는 곳에 머물면 뭘 하든 효율이 떨어진다. 그리고 그런 상태에서는 어떤 노력을 해도 일이 제대로 풀리지 않는다. 오지에서는 보통 체온 때문에 많이 사망한다. 맞지 않는 온도에서는 버틸 수가 없기 때문이다. 그렇기 때문에 삶에서도 스스로에게 맞는 온도와 환경을 잘 찾아야 한다. 주변부 온도만 자신에게 맞게 개선해도 삶의 질이 부쩍 나아진다. 아주 기본적인 사항이다.

본인이 어떤 온도를 가진 사람인지 알아야 한다. 나는 미지근한 온도로 창작을 하는 사람이다. 그래서 단순하거나 담백한 것들을 좋아하고, 너무 디테일하거나 시간을 오래 들여야 하는 창작은 잘 맞지 않는다. 그래서 크로키나 드로잉, 낙서 등을 주로 하는 것이다. 반면에 디테일한 그림을 오랫동안 그리는 걸 좋아하는 사람들이 있다. 그들은 나와 같은 가벼운 드로잉으로는 성이 차지 않을 것이다. 본인의 성향을 알고 그에 가장 최적화된 창작을 하면 같은 에너지로도 더 좋은 효율을 낼 수 있다. 온도를 안다는 건 그런 것이다.

돈을 버는 사람들은 기본적으로 본인이 줄 수 있는 게 뭔지 잘 안다. 더 풀어서 말하자면, 자기가 줄 수 있는 것 중에서 세상이 필요로 하는 것을 고른다. 하지만 보통 이와 반대로 산다. 세상이 달라고 하는 것을 먼저 찾고 그 안에서 주기 위해 애를 쓰는 사람이 대부분이다. 중요한 것은 순서다. 순서가 틀리면 어정쩡한 것을 내놓게 된다. 그러면 살아남기는 더욱 어려워진다.

우선은 한 발짝 떨어져 경쟁에서 벗어나는 게 중요하다. 경쟁하지 않으면, 싸우지 않기 때문에 지지도 않는다. 사실상 경쟁하지 않는 상태가 이미 승리한 것이다. 누구랑 다투고 있다면 같은 것을 나눠 가지려고 고민하는 거다. 그런 건 이제 그만두길 바란다. 지나치게 세상과 바깥일을 신경 쓰다 보면 나 자신을 바라보는 방법을 까먹게 된다. 적정 체온을 유지한다는 건 바깥 날씨에 신경 쓰는 게 아니라 내 몸이 감각하는 온도를 느끼고 그에 맞는 조치를 취하는 것이다. 나와 맞는 일을 하다 보면 누구랑 겨룰 필요가 없다는 걸 깨닫게 된다. 그런 사람이 오래 버틸 수 있고 오리지널이 된다.

2. 먹어도 되는 버섯 구분하기

창작자가 돈을 버는 일거리가 이에 해당한다. 어떤 일들은 했을 때 탈이 나곤 한다. 하지만 처음엔 그걸 구분하기가 어렵다. 나를 찾아주는 게 고마워서 들어오는 일을 전부 하게 되기 때문이다. 피한다고 피해 봐도 쉽지 않다. 하지만 어느 정도 희생을 감수해야 비로소 먹어도 되는 통통한 버섯을 가늠할 수 있게 된다. '화려한 버섯은 먹지 마세요'라는 기준이 있는데 일도 그와 비슷하다. 내가 가진 것에 비해 화려하고 반짝거리는 미래를 보장하는 일은 실제로 실속이 없는 경우가 많다. 꾸준한 수입과 건강한 성장을 도모하는 일은 마치 새송이버섯처럼 정직하게 생겼다.

돈을 준다고 아무 일이나 하면 안 된다. 아무나 만나서도 안 되고, 아무런 음식이나 집어 먹어서도 안 된다. 하는 일, 만나는 사람, 먹는 음식이 나를 구성한다. 그렇기 때문에 함부로 그런 것들을 받아들여서는 안 되고 구분할 수 있는 혜안을 길러야 한다. 일이 들어온다고 닥치는 대로 다 하는 사람들이 있다. 그러면 꼭 탈이 나거나 정말 중요한 일을 못 하게 된다. 그래서 나는 돈이 없을 때도 단순노동의 아르바이트는 하지 않았다. 최소한 그림이나 디자인에 관련이 있는 일을 했다. 내가 하고 있는 일이 내가 원하는 큰 흐름을 향하거나 그걸 설명하고 있어야 한다. 본인이 진짜로 뭘 원하는지를 알면 해야 하는 일이 뭔지 아는 것은 어렵지 않다. 버섯을 구분하는 것도 쉬워진다. 그런 일을 행해야 한다.

다만 알아둘 것이, 적정한 일을 고르는 데에는 기본적으로 그만한 자신감과 능력이 있어야 한다는 것이다. 아직 실력도 안 만들어 놓고는 누군가가 나를 써주지 않는다면서 좌절을 하는 경우가 많다. 우선은 실력자가 되자. 잘하는 사람은 많을 것 같지만, 진짜 잘하는 사람은 항상 부족하다. 인스타그램에 '그림'이라는 태그만 검색해봐도 어설픈 그림들이 수두룩 쏟아져 나온다. 회사에서 디자이너의 포트폴리오를 받아 보면 한숨 나오는 경우가 대부분이다. 그러니까 자기 검열을 하며 포기할 시간에 일단 잘하는 사람이 되자. 그렇다고 처음부터 프로처럼 하라는 뜻은 아니다. '이 정도면 돈 받고 팔 수 있겠다.' 싶은 정도만 해도 된다. 나머지는 하면서 성장하자.

3. 음식 저장하기

어쩌다 큰 짐승을 사냥할 수 있다. 당장에 배불리 먹는 것도 중요하지만 고기를 잘 말려서 저장해두는 것도 중요하다. 창작자는 돈을 저장해둘 줄 알아야 한다. 저장고에 돈이 두둑하게 있어야 여유로운 마음으로 창작을 지속할 수 있기 때문이다. 창작은 본디 많은 시간을 필요로 한다. 근데 많은 이들이 오늘 멧돼지를 잡았다고 내일도 그런 사냥을 할 수 있을 거라고 착각을 한다. 하지만 착각도 영 나쁘지 않다는 생각이 드는 게, 그렇게 한번 된통 배고픔을 겪어봐야 다음 돼지를 잡았을 때 잘 저장할 수 있다. 화가가 그림만 잘 그린다고 살아남을 수 있는 게 아니다. 물감을 살 돈이 있어야 한다. 내 물감을 사람들이 사줄까? 아니다. 창작을 하기로 다짐했다면 정말로 본인이 오지에 있다고 생각해두는 편이 낫다. 메디치 가문의 후원 따위는 없다.

그러므로 본인이 일용할 양식은 스스로 구하자. 그러기 위해서는 기본적인 사냥 능력을 갖추는 것과 적절한 저장 방법을 알아두는 것이 중요하다. 나는 우선 돈과 시간을 필수 자원이라 본다. 그게 있어야 교육자본, 문화자본, 사회자본, 신체자본 등을 얻을 수 있다. 그렇다면 돈과 시간은 어떤 방식으로 마련하는가? 모든 것은 교환의 법칙을 따른다. 가지고 있는 것을 더 좋은 것과 교환하면 된다. 만약에 당신이 이십 대이고 가진 게 시간뿐이라면, 그걸 필요로 하는 사람과 교환을 하면 된다. 그러다 보면 훗날엔 돈을 벌어서 누군가가 내 시간을 샀던 것처럼 우리도 타인의 시간을 살 수 있게 된다.

나는 현재 유튜브 영상 편집자를 고용하고 있고, 이동을 할 때에는 늘 택시만 탄다. 그리고 2주에 한 번 집을 청소해주는 클리너가 방문한다. 이것들이 내가 정기적으로 구매하고 있는 타인의 시간이다. 거래할 때의 규칙은 심플하다. 그게 서로에게 이득이 될 때 하는 것이다. 누군가는 편집자를 고용하고, 매일 택시를 타고, 클리너 서비스를 이용하는 게 부담일 수 있다. 하지만 나는 그 사람들이 나 대신 일을 해주는 동안 아낀 시간으로 더 많은 돈을 벌 수 있다. 무작정 택시를 타라는 게 아니다. 내가 누군가의 시간을 샀을 때 벌게 된 시간 동안, 내가 지불한 돈보다 더 많은 돈을 벌 수 있다면 시간을 사도 된다. 처음엔 시간을 팔아서 돈을 벌지만, 일정 수준이 넘어가서는 시간을 팔면 안 된다. 시간이야말로 돈으로 사기 어려운 것이다.

많은 창작자가 시간의 귀중함을 간과하고 모든 일을 혼자서 다 하려고 한다. 나로 치자면 매출 순이익을 높이기 위해 모든 동영상 편집을 내가 하고, 대중교통을 이용하고, 집안일도 다 했던 2년 전의 모습 같은 것이다. 하지만 그걸 다 하고 나면 정말 중요한 시간은 남지 않게 된다. 나중에는 하고 싶었던 일을 할 힘도 남아있지 않다. 그래서 나는 늘 내가 무엇을 갖고 있고, 어떤 것을 교환할 수 있는지를 가늠한다. 곳간이 비어있으면 그런 것을 할 수 없다. 처음엔 어느 정도 채워두는 것이 필요하다. 현실에 빗대자면 저축을 잘해두라는 것이다.

예술을 오래 하고 싶다면 함께 일해야 한다. 이 말의 의미는 동업을 하라는 게 아니다. 당신이 하기 싫은 일은 돈을 주고 다른 사람에게 맡기고, 그렇게 번 시간 동안 더 귀한 일을 하라는 것이다. 저장고를 관리하는 비법은 무작정 많이 쌓아두는 게 아니다. 저장고에 있는 것을 더 가치 있는 것으로 교환해야 한다. 그게 현명한 저장의 방법이다.

4. 움집 만들기

예술가로 살아남으려면 내 몸과 창작물이 안온하게 머물 곳이 필요하다. 내가 봤을 땐 이게 창작자가 가져야 하는 것 중에서 제일 비싼 것 같다. 나의 경우 대부분의 작업은 집에서 한다. 그렇기 때문에 쾌적한 환경의 투룸을 구했다. 미팅과 인터뷰도 잦다. 하지만 집에 사람을 들이기는 부담스러웠다. 그래서 도보 500미터 거리에 사무실을 구했다. 사람이 없을 때 가장 창작의 효율이 좋기 때문에 이 모든 공간은 전부 나 혼자서 쓴다.

살아남기를 처음 시도하는 사람이 오지에서 오두막을 짓기는 어렵다. 시작할 때는 바위틈이나 동굴 같은 곳에서 살게 될 것이다. 나도 5평 원룸에서 첫 독립생활을 시작했다. 중요한 건 거기서 멈추는 게 아니라 그걸 발전시키는 거다. 나는 창작물은 예술가의 머리에서만 나온다고 생각하지 않는다. 그가 머무는 공간도 그것을 함께 만든다. 그렇기 때문에 자기가 머무는 집을 튼튼하게 짓는 것도 나는 창작의 일부라고 본다. 근데 많은 이들이 그저 그림을 잘 그리고 싶어서 그런 일 따위를 미뤄두기 십상이고, 나중에는 현실을 탓한다. 현실이 어렵고 힘든 것은 맞다. 그런데 오지에 떨어진 이상 오지를 탓해서 달라질 게 무엇이 있는가?

작가로서 원하는 자기만의 방을 상상하자. 나는 세탁기가 고장 나서 물이 흘러넘치는 좁은 원룸에 살면서도 핀터레스트에 '미래의 집'이라는 이미지보드를 만들었다. 천장이 높고, 깨끗한 나무와 흰색 가구로 되어있는 예쁜 집의 사진을 모았다. 머물고 싶은 공간을 꿈꾸면서 하나씩 만들어 나가면 된다. 좋은 공간에 머무는 일은 건강한 인간이 되는데 아주 기초가 된다. 우리는 최종의 상태에 머문 게 아니다. 지금보다 더 좋은 집을 상상하자. 그리고 그곳으로 가자.

5. 도구 구하기

오지에 떨어졌을 때 쓸 만한 도구를 찾는 게 중요하다. 처음엔 도구가 없을 수 있기 때문에 주위를 둘러보는 것을 추천한다. 지금은 정말 많은 물건을 가지고 있지만 처음엔 가진 게 많지 않았다. 연필과 종이가 전부였다. 하지만 처음부터 꼭 모든 것을 갖출 필요는 없다. 땅바닥에 손가락으로도 그림을 그릴 수 있다. 뭐든지 잘 쓸 수 있다면 그것은 전부 유용한 창작의 도구가 된다. 주변 사람들이 어떤 것을 이용해서 무엇을 만드는지 살펴보자.

이 글은 아이맥으로 쓰고 있다. 나는 핸드폰은 아이폰을 쓰고, 패드는 아이패드를 사용하고, 시간 관리는 애플워치로 하며, 음악은 에어팟으로 듣는다. 내가 이렇게 모든 툴을 애플 제품으로 쓰게 된 지는 약 2년 정도밖에 안 됐다. 그전까지는 낡은 태블릿을 썼고, 저렴한 학생용 시계를 찼으며, 끈이 달린 2만 원짜리 이어폰을 썼다. 처음 창작을 할 때 쓸 수 있는 도구는 그렇게 좋은 게 아닐 것이다. 일단 좋은 것들은 대체로 비싸고, '프로' 내지는 '전문가용'이라는 수식이 붙어 있어서 당장 쓰기에 부담스럽다. 그리고 뭐부터 사야 하는지조차 알기 어렵다. 이것도 앞서 말했던 것들과 비슷한 맥락인데, 점차 발전시키면 된다. 나는 모두가 그림을 그릴 때 아이패드가 필요하다고 생각하지 않는다. 처음에 그림을 그릴 때는 종이의 감각을 익히며 지우개로 틀린 부분을 하나하나 천천히 지워보기도 하고, 수채화 물감이나 유화 물감 등 다양한 것들을 써보면서 실력을 쌓는 동시에 내가 표현하고자 하는 주제에 어울리는 도구가 뭔지 찾는 게 중요하다. 그걸 찾아가면서 업그레이드를 시키는 거지 남들이 쓰는 비싸고 좋은 거 산다고 처음부터 멋진 창작을 할 수 있는 게 아니다. 자전거라고 생각하면

쉽다. 중요한 건 페달을 굴리는 사람의 엔진이다. 1,000만 원짜리 자전거를 타는 보통 사람이 100만 원짜리 자전거를 타는 선수를 이길 수는 없다. 오지에는 나뭇가지도 있고 질긴 덩굴도 있고 뾰족한 돌도 있다. 우선 가볍게 시작하자. 그리고 그걸 잘 쓰는 사람이 되는 데에 집중하자.

동굴이나 시베리아는 천혜의 자연경관을 지녔지만 막상 우리가 그곳에서 살아야 한다고 생각하면 그렇게 끔찍할 수가 없다. 창작자가 된다는 것도 비슷하지 않을까? 겉보기엔 아름다워 보이지만 그가 머물러야 하는 세계는 정글만큼이나 막막하고 위험이 도사리고 있는 곳이다. 그리고 각자가 머무는 오지마다 환경과 조건이 너무 다르기 때문에 내가 앞서 말한 기술 외에도 다른 기술이 필요할 것이다. 모든 게 공식화되어 있고 단순한 법칙을 따른다면 살아남기 시리즈가 그렇게 다양하게 나올 수 없었을 것이다.

그러니 자신의 체온을 측정하자. 당신은 어떤 온도를 가진 사람인가? 자신이 가장 건강할 수 있는 온도를 유지하고 차근차근 필요한 도구를 찾아 나서자. 그리고 안전하게 머물 수 있는 장소도 찾자. 함께 일하는 사람들도 찾고, 열심히 식량을 구해서 저장도 해두자. 그러면 내가 머무는 곳이 막막한 오지가 아니라, 흥미로운 자원으로 가득 찬 멋진 장소라는 것을 발견하게 될 것이다. 훗날 본인의 이름을 담아 '○○○으로 살아남기'를 시리즈로 낼 수도 있겠지. 당신의 예술가로 오래 살아가기를 바라며 박노해 시인의 시 「그러니 그대 사라지지 말아라」의 구절을 빌린다.

세계의 모든 어둠과 악이 총동원되었어도
결코 굴복시킬 수 없는 한 사람이 살아 있다면
저들은 총체적으로 실패하고 패배한 것이다

삶은 기적이다
인간은 신비이다
희망은 불멸이다

그대, 희미한 불빛만 살아 있다면

그러니 그대 사라지지 말아라

그러니 그대 사라지지 말아라

오 은

시인

엉겁결에 등단했고 무심결에 시인이 되었다.
2002년 봄 『현대시』를 통해 등단했다. 서울대학교 사회학과를 졸업하고 카이스트 문화기술대학원에서 석사 학위를 받았다. 시집 『호텔 타셀의 돼지들』 『우리는 분위기를 사랑해』 『유에서 유』 『왼손은 마음이 아파』 『나는 이름이 있었다』, 청소년 시집 『마음의 일』, 산문집 『너는 시방 위험한 로봇이다』 『너랑 나랑 노랑』 『다독임』이 있다. 박인환문학상, 구상시문학상, 현대시작품상, 대산문학상을 수상했다. 작란(作亂) 동인이다.

○ ○ ○ ○ ○ ● ○ ○ ○ ○ ○ ○ ○

돈이 아깝다는 생각은 한 번도 들지 않았다. 돈으로 누군가와 함께 이토록 즐거운 시간을 보낼 수 있다니 마냥 기뻤다. 벅찼다. 행복했다. 내가 지불한 것은 돈이었지만, 계산하고 밖에 나올 때 내가 생각한 것은 가격이 아니라 '값어치'였다. 돈 이전에 가치가 있다는 생각을 했기에 가능했을 것이다.

있다가도

없는,

잊다가도 있는

바빠 죽겠다는 말

프리랜서로 생활한 지 4년이 다 되어 간다. 표준국어대사전에 따르면 '일정한 소속이 없이 자유 계약으로 일하는 사람'인 셈이다. 자유로움이 물씬 느껴지는 뜻이지만, 이는 모든 것을 혼자 해결해야 한다는 말이기도 하다. 프리랜서라고 소개했을 때 "글 쓰는 사람들은 다 프리랜서 아네요?" 하고 묻는 사람이 있었다. 그때 나는 그저 웃고 말았다. 대꾸할 말이 너무 많거나 아예 없을 때 나도 모르게 헛웃음이 새어 나온다. "그렇기는 하죠." 이 답변은 사실이기도 하고 그렇지 않기도 하다. 글 쓰는 일은 프리랜서 작업이지만, 글 쓰는 사람들의 주 수입원은 글 이외인 경우가 많기 때문이다.

나 같은 경우는 그것이 주로 '말'에서 온다. 학교나 기업에서 강연을 하고 행사의 사회를 보고 TV나 라디오 등 방송에 출연하고 팟캐스트를 진행한다. 팟캐스트를 제외하곤 비정기적으로 이루어지는 일이다. 이 때문에 여러 가지 오해를 사곤 한다. "스케줄이 없을 때는 느긋하게 쉴 수 있겠네? 나도 마음 편히 휴가 가고 싶다." 이런 말을 들으면 뭐라고 대꾸해야 하나. "일정이 빽빽하네. 대체 글은 언제 써?" 이런 질문을 받을 때마다 부끄러워진다. 글과 멀어진 것은 아니지만, 예전만큼 글쓰기에 많은 시간을 할애하고 있지는 못해서다. "틈나는 대로 써." 이렇게 답하면서도 궁색한 것은 어쩔 수 없다. "돈처럼?" 예상치 못했던 추가 질문에 얼굴이 새빨개지고 만다. 글쓰기보다 돈 쓰기가 가까운 생활, 결코 달갑지 않다.

"글과 말은 통하는 거니까 잘된 거 아냐?"라는 물음이나 "글로 하던 걸 말로 하면 되니까 편하겠다"라는 말도 왕왕 듣는다.

"그렇기는 하죠." 더 이상의 대꾸는 말할 에너지를 앗아가는 것이기에 나는 딱 이 정도만 말하고 만다. 말을 많이 한 날은 글을 한 줄도 쓸 수 없다는 속사정을 내비치는 게 쉽지 않다. 글을 통해서든, 말을 통해서든 하루에 스스로 소화할 수 있는 언문(言文)의 양은 정해져 있음을 인정하게 되었다. 문자 언어와 음성 언어의 합이 임계점에 다다르면 주술호응은 이루어지지 않고 적확한 단어 사용 또한 불가능해진다. 집에 돌아와 아무 말을 하지 않고 가만있는 시간은 반성하는 시간이다. 머리를 거치지 않고 튀어 나간 말, 머리를 거쳤다 하더라도 정제되지 않은 말이 머릿속에서 부글부글 끓어오른다.

요즘 내가 가장 많이 듣는 질문 중 하나는 "바쁘지?"다. 저 말을 처음 들었을 때 얼굴이 홧홧해졌던 기억이 난다. 바쁜 것이 밖으로 드러나는 게 결코 미덕이 아니라는 생각이 반사적으로 들었던 것이다. 바쁘다고 하더라도 선선히 말을 걸 수 있는 여유, 누군가를 만나는데 스스럼과 거리낌 없는 태도를 잃고 싶지 않았던 것도 같다. 바쁘되 바쁜 것을 들키고 싶지 않았다. "바빠 죽겠어"라는 말을 불쑥 내뱉고 손으로 입을 틀어막았던 적도 있었다. 바쁘다는 말을, 나아가 바빠 죽겠다는 말을 해버리고 마는 스스로가 못마땅했다. 그 말을 하고 나면 뭐라도 해야 할 것 같았다. 바쁘다는 말에 책임을 지기 위해서라도 일을 만들어야 한다는 생각에 사로잡혔다.

"바쁘지?"라는 질문은 "돈 많이 벌지?"라는 질문과 비슷한 의미로 사용되기도 한다. "젊을 때는 바빠야 해. 나중에는 바쁘고 싶어도 바쁠 수 없거든." 엄마의 이 말은 내게 열심히 일하라는 주문처럼 들리기도 했다. 최근에 인상적으로 읽은 데니스 뇌르마르크와 아네르스 포그 옌센이 함께 쓴 책 『가짜 노동』에서 다음 대목을 읽고 지난 몇 년이 눈앞에 주마등처럼 스쳐 지나갔다.

"지난 세기 후반에 사람들이 바쁘다고 말하는 경향이 증가한 이유는 조너선 거셔니의 표현에 의하면, 진짜 할 일이 많아서라기보다 그것이 '명예의 새로운 징표'가 되었기 때문일 가능성이 크다."

과거에 귀족들은 한가할수록 추앙받았다고 한다. 포동포동 살찔 시간을 확보할 수 있었기 때문이다. 가만히 누워 공연을 보는 일에는 잔을 들었다 놨다 하는 정도의 움직임만 요구되었다. 마차로 이동해 하인의 부축을 받고 살짝 걷기만 하면 하루치 운동량이 완성되었다. 비만한 것이 잘사는 것을 가리키는 징표였던 셈이다. 마른 체형이 자기 관리의 결실로 평가받는 요즘과는 전혀 다른 풍경이다. 온종일 일하고 돌아온 날에도 사람들은 자발적으로 트레드밀 위에 오른다. 바쁜 상황에서도 나를 가꾸는 일을 게을리하면 안 된다. '매력 자본'이라는 말은 나를 가꾸는 일이 돈을 버는 초석이 될 수 있음을 시사한다. 그리하여 집에 와서도 일은 결코 줄어들지 않는다. 여가를 활용하는 일 앞에서 무턱대고 한가해질 수 없다. 일 앞뒤에 일이 있다. 일은 '나'를 중심에 두는 듯하지만, 목적을 바꾸어 교활하게 자꾸 나타난다.

살면서 바쁘지 않은 적이 별로 없었던 것 같다. 어린 시절에는 또래들과 뛰어노느라 바빴다. 중고등학교 시절에는 공부하면서 틈틈이 딴짓하느라 바빴다. 대학교에 다닐 때는 학교생활 말고도 해야 할 것이 많았다. 난생처음 아르바이트를 시작했고 농활, 학회, 모꼬지에도 꼬박꼬박 참여했다. 친구들과 모여 사회 걱정을 하면서도 말꼬리가 향하는 건 결국 나였다. 내 미래에 대한 걱정, 내 앞가림에 대한 막연한 불안. 우리는 사회 문제를 이야기하면서도 약빠르게 스스로의 앞날을 헤아리는 것을 잊지 않았다. '앞으로 무엇을 할까'라는 자문(自問)의 속살에는 '앞으로 무엇을 해서 돈을 벌까'가 있었던 셈이다.

자리의 마지막 질문도 늘 돈이 차지했다. "누가 계산하지?"

돈 좀 모아라

2009년도에 교통사고를 크게 당했다. 당시 중환자실에 있던 나를 면회하기 위해 많은 사람들이 병원을 찾았다고 한다. 생사가 불명한 상태였다. 그때 울던 아빠가 엄마에게 이렇게 말했다고 한다. "그래도 은이가 참 잘 산 것 같아." 울던 엄마는 이렇게 대꾸했다고 한다. "돈이든 마음이든 그걸 얼마나 많이 썼겠어.. 주는 만큼 돌려받지 못한다는 걸 알면서도 계속 뭔가를 줬겠지. 나는 재가 얼마큼 고단했는지 감히 짐작도 못 하겠어." 많은 이들의 염려 덕분에 다행히 나는 살아났다. 염려는 마음을 쓰는 일이다. 쓰는 일이 다시 쓰는 일과 연결되었던 것이다. 1년간의 재활, 2년간의 공익근무를 마친 후 나는 첫 직장에 입사했다.

첫 직장에 입사해서 가장 좋았던 점은 계산할 때 쭈뼛거리지 않아도 된다는 것이었다. 식사 자리와 술자리를 마치고 카운터로 성큼성큼 걸어갈 수 있다는 것이었다. 어느 때는 "누가 계산하지?"라는 질문이 나오지 않도록 미리 계산을 하기도 했다. "또 네가 냈어?"나 "번번이 왜 네가 계산해!"라는 말이 타박처럼 느껴지지 않았다. 돈을 버는 일이 이토록 풍요로운 일이라니, 소비하는데도 생산하는 것 같은 느낌이라니.

돈이 아깝다는 생각은 한 번도 들지 않았다. 돈으로 누군가와 함께 이토록 즐거운 시간을 보낼 수 있다니 마냥 기뻤다. 벅찼다. 행복했다. 내가 지불한 것은 돈이었지만, 계산하고 밖에 나올 때 내가 생각한 것은 가격이 아니라 '값어치'였다. 돈 이전에 가치가 있다는 생각을 했기에 가능했을 것이다. 어느 날 밤, 술에 취한 친구가 혀가 꼬부라진 목소리로 말했다. "야, 너는 꼭 돈 쓰려고 태어난 사람 같다." 어안이 벙벙해진 채로 있으니 친구가 말을 덧붙였다. "돈을 쓰려고 돈을 버는 사람, 그게 너야." 너무도 당연한 말이어서 나는 고개를 갸웃하지 않을 수 없었다. 내 경제관념에는 버는 일과 쓰는 일 외에 다른 것은 없었다.

이 글을 쓰고 있는데 엄마에게 전화가 왔다. "엄마, 나 돈에 대한 글을 쓰고 있어. 벌고 쓰는 일을 써야 하는데, 이상하게 쓰는 일만 쓰게 되네." 엄마가 명쾌하게 답했다. "낭만 있네." 확실히 돈을 쓰는 일은 낭만에 가까운 듯도 하다. 현실에 얽매이지 않는다는 점에서, 머릿속 손익보다는 눈앞의 즐거움이 앞선다는 점에서. 그나저나 돈 버는 일은 그것을 쓰는 일보다 어려운데, 버는 일에 대해 의외로 할 말이 없다는 게 이상하다. 어쩌면 쓰는 일은 쉬워도 잘 쓰는 일은 어려워서인지도 모르겠다.

생각해보니 돈에 관한 말은 엄마에게 가장 많이 들었다. 가장 많이 들었던 말은 "돈 좀 모아라"였다. 돈과 연결된 동사 중 가장 멀게 느껴진 것이 '모으다'였던 시절, 나는 '카르페 디엠carpe diem'이나 '소확행' 등으로부터 내 소비를 정당화할 구실을 찾았다. 통장의 잔고보다 현장의 분위기가 중요했으니까. 사회초년생들이 관심을 기울인다는 재테크에도 나는 별 관심이 없었다. 엄마의 성화에 못 이겨 주택 청약 종합 저축에 가입하고 동료를 따라 금 투자 상품을 구입했을 뿐이다. 금값의 요동에 안절부절못하는 나 자신을 발견하고 그마저도 2년 만에 되팔게 되었다. 투자한 금액이 그리 큰돈이 아니었음에도 불구하고 아무래도 나는 '쓴 것도 아닌데 사라진 돈'은 참을 수 없는 모양이었다.

직장 동료들과 사주를 보러 간 적이 있다. 이직을 고민하던 동료, 결혼을 할 수 있을까 걱정하던 동료, 하던 일을 그만두고 새로운 세계에 발 들일 준비를 하던 동료 등이 함께했다. 우리는 다들 걱정이 태산이었다. 대학을 졸업하고 시간이 많이 흘렀지만 걱정거리는 전혀 줄어들지 않았다. 그때 사주를 봐주시던 분이 다짜고짜 내게 말씀하셨다. "돈을 많이 쓰네." 자리에 있던 동료들의 눈이 동시에 휘둥그레졌다. "많이 쓰는데, 그만큼 또 들어와." 머리에 둔중한 것을 얻어맞은 기분이었다. 나는 우문인 줄 알면서도 그때가 아니면 안 될 것 같아 용기를 내어 물었다. "안 쓰면 안

들어와요?" "응. 써야 들어와." 그날 저녁은 내가 샀다. 써야 들어온다며 온갖 호들갑을 떨면서 말이다.

엄마가 두 번째로 많이 한 말은 "돈을 잘 써야 한다"였다. 앞선 말과 대치되는 것이 아닌가 생각했지만, 이때의 잘은 '많이'나 '충분하고 넉넉하게', 혹은 '버릇으로 자주'의 의미가 아니었다. 그것은 오히려 '옳고 바르게'나 '좋고 훌륭하게', 혹은 '아주 적절하게'나 '친절하게 성의껏'의 의미에 가까웠다. 뜻은 알았지만 방법을 몰랐던 나는 돈 쓸 일 앞에서 자주 고민하게 되었다. 선물을 고를 때도 이것이 돈을 잘 쓰는 건지 단순히 상대에게 잘 보이기 위해 쓰는 건지 잠시 동안이나마 헤아리게 되었다. 돈을 '잘' 쓰는 일에 대해 생각하다 보니 어떤 기준점이 생기기도 했다. 쓸까 말까 망설이게 되는 돈은 과감히 쓰지 않기로 마음먹은 것이다. 망설인다는 것은 마음이 동하지 않는다는 것이다. 덕분에 겉치레하기 위해, 남들에게 뒤처지지 않기 위해 혹은 거들먹거리기 위해 쓰던 돈은 절약될 수 있었다.

모든 씀씀이에는 마음 씀씀이가 포함되고 또 포함되어야 한다는 것 역시 엄마로부터 얻게 된 귀한 가르침이다. 해주고 싶은 마음이 그득한데 실제로 그렇게 할 수 없을 때는 상황을 외면할 것이 아니라 돈이 아닌 다른 것을 찾아봐야 한다는 태도도 배웠다. 엄마 덕분에 급전(急錢)이 해결되어도 '급심(急心)'은 채워지지 않을 수도 있음을 알았다. 얻고 배우고 알았는데도 "돈 좀 모아라"라는 말은 여전히 마이동풍(馬耳東風)이다. 이제부터라도 동쪽을 더 각별히 살펴야겠다. 돈도 어느 정도 모아야 잘 쓰는 게 가능할 테니 말이다.

I am not free

프리랜서 생활을 시작할 때, 자연히 시간이 늘어날 거라고 생각했다. 내가 시간을 운용하는 주체가 될 것이라 철석같이 믿었던 것이다. 내가 쓸 수 있는 시간의 절대적인 양이 늘어났는지는 모르지만, 그것은 비정기적이었고 시간의 길이 또한 가늠할 수 없었다. 나는 늘 쫓기고 있었다. 원고 마감에, 미팅 약속에, 기획 회의에. 퍼즐 조각처럼 흩어져 있는 빈 시간들을 한데 그러모으면 제법 그럴듯한 휴식을 취할 수 있을 텐데, 세상일은 나를 중심으로 돌아가지 않는다. 뜻한 대로 되지 않을 때면 내가 움직이는 수밖에 없다. 동에 번쩍, 서에 번쩍할 때조차 나타나기 전 호흡을 고를 시간을 내가 알아서 마련해야 한다.

번아웃 증후군burnout syndrome이라는 말이 유행하기 시작했을 때만 하더라도 나는 스스로를 소진되었다고 단 한 번도 생각한 적이 없었다. 피로가 누적되어 의욕과 기운이 약간 떨어졌을 뿐, 건강상의 문제나 심리적인 불안은 없을 거라고 단정했다. 무리한 일정을 소화하면서도 현장에서 얻는 생생한 에너지가 부족한 수면과 휴식을 채워줄 수 있을 거라 믿었다. 실제로 단상이나 무대 위에 오르면 조금 전까지 축 늘어져 있던 나는 단숨에 기운차고 열정적인 사람이 되어 있었다. 사람들을 웃게 만드는 데에서 기쁨을 느끼는 나였지만 정작 내가 웃는 일은 현저히 줄어들었다. 그사이 늘어난 것은 다름 아닌 한숨이었다.

프리랜서로 산 지난 몇 년을 돌이켜보니 돈은 움직이는 만큼 벌린다는 말이 맞는 듯하다. 한 가지 더 있다. 한번 커진 씀씀이는 도무지 작아지지 않는다는 것. 그사이 재테크를 하지 않는 나로서는 주어진 시간을 잘 가늠하여 읽기와 쓰기, 듣기와 말하기에 배분해야 했다. 이 모든 것을 잘 해내기 위해서는 시간표에 적힌 일정 바깥의 시간을 관리하는 게 중요했다. 이동 시간이나 일정과 일정 사이에 생기는 시간은 미처 준비하지 못한 것을 메우는 시간이었다. 어디에 있어도 쫓기듯 생활하는 것 같았다. 거절을 잘 못하는 성격 탓에 들어오는 일을 거의 다 수행하는 것도 큰 문제였다. 나중에는 입금 내역을 보고도 그것이 무슨 대가로 지급되었는지 캘린더를 뒤져야 했을 정도였다.

어느 날 집에 오다 문득 밤하늘을 올려다보니 별이 총총 떠 있었다. 대체 얼마 만에 올려다본 하늘인가 싶다가도 아직도 서울 하늘에서 저렇게 많은 별들을 볼 수 있다는 사실에 놀랐다. 내가 올려다보는 것과는 별개로 해와 달과 별들은 매일 아침 뜨고 졌을 것이다. 내친김에 근린공원을 산책하다 벤치에 털썩 주저앉았다. 어김없이 한숨이 새어 나왔다. 바쁜 상황 속에서 별수 없이 잃어버리고 만 것들이 하나둘 떠올랐다. 돈으로는 환산할 수 없는 것들이 죄다 거기에 있었다. 산책하는 여유도 개중 하나였다. 때마침 친한 친구로부터 전화가 왔다. 내 목소리에 피곤이 가득 묻어 있었던 모양인지 친구가 다짜고짜 물었다. "솔직히 요즘 버겁지?" 나는 아무 말도 하지 못했다.

2022년이 되기 직전, 나는 일의 우선순위를 정했다. 이는 잘하는 일, 하고 싶은 일, 나다운 일의 교집합을 찾는 과정이기도 했다. 그 과정 끝에 고정적으로 출연하던 TV와 라디오 프로그램에 사의(辭意)를 표했다. 일하는 방식에도 변화를 주었다. 통화할 때 업무를 바로 수락하지 않고 꼭 메일로 관련 사항을 정리해서 보내달라고 요청한다. 생각할 시간을 벌기 위해서다. 금액이 명시되어 있지 않으면 수락하기 전에 먼저 묻는다. 프리랜서의 '프리free'

는 '공짜'가 아닌 '자유'임을 되새기면서 말이다. 이따금 내가 잘하는 일일 경우 금액을 살펴보고 역제안을 하기도 한다. 이는 '대체 가능한 사람'에서 '남다른 사람'이 되어야 한다는 믿음과 포부 때문이다.

남다른 사람이 되기 위한 노력도 게을리하지 않는다. 나는 인풋이 있어야 아웃풋이 있다고 생각하는 사람이다. 매일 책을 읽는 이유도, 하루 중 신문을 읽는 시간을 따로 마련하는 것도, 어떻게든 시간을 내서 머무는 곳 일대를 걸어 다니는 것도 이 때문이다. 틈나는 대로 메모를 하는 것도, 틈만 나면 사전을 들추어 비슷한 듯 다른 단어들의 뉘앙스를 파악하는 것도, 행사를 진행하는 동안 온몸의 신경을 한데 집중하는 것도 남달라지기 위한 노력의 일환이다. 글 쓰는 시간이 줄어들었지만, 긴장이 풀어지면 안 된다는 생각에 쓰는 동안은 더욱 열중한다. 쏟아붓는 마음으로, 단어 하나라도 바닥에 흘리지 않겠다는 일념으로.

무엇보다 아직은 내가 이 모든 일들을 '돈'으로 치환하지 않는다는 점이 좋다. 돈독과 돈독해진 사람과 최대한 멀어지는 게 내가 꿈꾸는 미래의 나다. 돈에 아예 연연하지 않으면 좋겠지만, 그럴 수 없다면 품의 크기와 베풂의 너비는 꾸준히 유지했으면 한다. "돈은 있다가도 없어지고 없다가도 생기는 법이라"라는 속

담처럼 느긋하게 지낼 수 있으면 좋겠다. '있다가도 없는'이란 말의 중심에는 돈의 행방이 아닌 돈 없는 현재 상태가 자리할 테지만, 나는 그 돈이 어딘가에 잘 쓰였기를 바라는 마음이 크다. 한 가지 더 바람이 있다면 돈이 때때로 '잊다가도 있는' 것이었으면 좋겠다. 세탁을 하려고 바지 주머니를 뒤졌을 때 발견된 만 원짜리 지폐처럼, 이삿날 묵직한 힘을 발휘하는 돼지저금통의 동전들처럼.

정
우
성

작가 · 콘텐츠 크리에이터

2006년 『경향신문』 기자로 입사해 『레이디 경향』에서 근무했다. 이후 『GQ』로 이직해 8년 동안 96권의 잡지를 만들었고 『에스콰이어』에서 19권의 잡지를 더 만들었다. 현재는 취향 공동체를 표방하는 리뷰 콘텐츠 플랫폼 〈정우성의 더파크〉 대표로 지내며 바쁘고도 여유로운 나날을 보내고 있다.

관계 에세이 『내가 아는 모든 계절은 당신이 알려주었다』와 요가 에세이 『단정한 실패』를 썼다.

○ ○ ○ ○ ○ ○ ● ○ ○ ○ ○ ○ ○

돈은 결핍을 메우기 위한 수단일까? 오히려 결핍의 필요조건은 아닐까? 삶에는 다양한 규칙과 흐름이 있고, 우리한테는 선택의 자유가 있다는 걸 그들을 통해 배웠다. 어쩌면 돈보다 나은 선택을 할 수도 있다는 뜻이었다.

베이루트와 도쿄,

사무이 섬의 현자들이

알려준 것들

"선배 진짜 좀 사요. 제발 그냥 사."

후배의 타박이었다. 내가 그때 사려던 건 맥북이었나? 질 좋은 가죽으로 만든 페니 로퍼? 어쩌면 미러리스 카메라였는지도 모르겠다. IT와 패션에 해박한 후배에게 조언을 구한 게 약 4개월 전이었지만 나는 아무것도 사지 않았다. 가끔 정보를 찾아보는 정도였다. 그러면서 이미 가진 노트북, 익숙한 카메라, 지금 신고 있는 구두를 한 번 더 들여다보면서 마음을 놓았다. 몇 년 전, 나는 한국에서 가장 저명한 라이프스타일 매거진에서 에디터로 일하고 있었다.

지금 감도 높은 물건, 생각, 사건들을 고르고 골라 심사숙고한 후 멋진 텍스트와 이미지를 만들어내는 일이었다. 새로운 매거진 한 권을 만들고 나면 소유욕도 새로워졌다. 누군가는 안경을, 다른 누군가는 헤드폰을 샀다. 욕망은 팽창하는데 돈은 없었다. 그러는 동안 소유욕의 본질과 만난 것 같기도 했다. 돈이 없는 건 원죄 같았다. 갖고 싶은 물건을 가지지 못하는 나는 좀 모자란 사람 같았다. 없던 결핍도 생겼다. 물건으로만 채울 수 있는 구멍이었다. 아무래도 자주 보는 물건에 더 큰 관심이 가게 마련이었는데, 나는 하필 자동차 담당이었다. 멋진 차를 만나는 밤마다 황홀하고 허무한 심정이었다.

어떤 차는 꿈이자 목표가 되었다. 포르투갈에서 탔던 포르쉐 박스터, 베이루트와 오키나와에서 탔던 벤틀리 GT 컨버터블은 나만 아는 수첩 모서리에 꼼꼼하게 적어 두었다. 미니, 골프, 컨버터블 같은 단어들도 마찬가지였다. 어떨 땐 갖고 싶어서 애가 탔다. 결핍은 도넛 같았다. 가슴에 휑하니 뚫린 구멍 사이로 '돈', '질투', '시기', '허무' 같은 단어들이 바람처럼 드나들었다.

일 때문에 뚫린 구멍은 일을 통해 메워지기도 했다. 멋진 인생을 성취한 사람과 얼굴을 맞대고 대화를 나눌 수 있다는 것 또한 업의 속성이자 특권이었다. 레바논과 도쿄에서 만난 두 명의 현자는 그들 각각의 깨달음으로 내 구멍을 천천히 메울 수 있는 힌트를 던져 주었다. 태국에서 만난 현자와는 서로의 인생을 나눠 가졌다.

갖고 싶은 게 너무 많은데 돈은 없어서 뚫린 구멍 사이로 강하고 건조한 바람이 불 때마다 내가 만난 현자들의 말과 태도에 대해 자주 생각했다. 자칫 평범한 줄 알았던 순간들 사이사이에 귀한 가르침들이 숨어 있었다. 자세히 들여다보면 푸르스름한 빛이 나는, 북극 어딘가의 빙벽 같은 깨달음이었다.

• • •

레바논 베이루트에서 만난 20대 귀족과의 대화는 돈과 소유 사이의 끝없는 고민을 끊어낼 수 있는 다정한 가위 같았다. 우리는 대대로 벤틀리를 수집해 온 귀족 가문의 작은 성에 모여 저녁 식사를 하고 있었다. 잔디가 고른 마당에 신선한 해산물과 샴페인이 차려져 있었다. 바람이 선선했던 늦여름 밤. 전 세계에서 모인 기자들은 그 낭만과 고급스러움에 조금 들떠 있었다. 식사를 마친 후에는 그 집 막내아들과 대화를 나눌 기회가 있었다. 나는 부러움을 숨기지 않았고 그는 좀 수줍어했다.

"집에 벤틀리가 이렇게 많으면 행복하겠다. 그렇지 않아요?"

"맞아요. 아름다운 차죠."

아름다움을 말하는 얼굴에는 미소가 또렷했는데, 순간순간 아주 조금의 권태가 엿보이기도 했다. 너무 많이 받은 질문 같았다. 우리의 호사스러운 일탈이 그에겐 일상이었다. 나는 조금 취해 있었다.

"내일 출근할 때도 저 중에 한 대를 골라 타는 거예요?"

"오, 아니요. 저는 저 차들은 잘 안 타요."

"그럼 뭘 타고 다녀요?"

"벤틀리는 아버지 수집품이죠. 저는 푸조 208을 타요. 제일 편해요."

208은 프랑스 자동차 회사 푸조에서도 가장 작은 라인업에 속한다. 가격은 벤틀리의 1/10정도 될까? 그는 살짝 멋쩍어하면서, 혹은 부끄러움 속에서 말을 이었다.

"원한다면 탈 수도 있겠죠. 그런데 시내에서는 저렇게 큰 차가 불편해요. 이목을 끌 필요도 없고요. 다들 부러워하는데, 언젠가 저도 제 벤틀리를 가질 수 있다면 좋겠죠. 지금은 푸조 208이 행복해요."

이번엔 그가 나에게 질문했다. 수줍음과 호기심이 반반인 표정. 권태는 사라져 있었다.

"우성이라고 했죠? 자동차 기자니까 세계 최고의 차들을 경험하겠네요. 부러워요. 한국에서는 뭘 타고 다녀요?"

"맞아요. 흥미롭죠. 매달 5~7대의 차와 만나요. 제 차는 스파크예요. 쉐보레에서 만든 경차. 게다가 수동기어."

"와우! 제 차도 수동기어예요. 역시 작은 차는 수동기어가 재밌어요, 그렇죠?"

그와 나는 커피 한 잔을 들고 술기운을 거둬가며 경차와 수동기어의 매력에 대해 한참을 더 이야기했다. 대대로 귀족으로 살았던 레바논 남자와 한국의 평범한 에디터였던 내가 나눈 의외의 공감대. 그가 어떤 집안 출신인지는 잊었다. 그저 자기 차를 너무 좋아하는 두 사람의 대화였다.

한국에서 살 수 있는 벤틀리의 가격은 내 차 서른 대의 가격과 비슷했다. 그가 레바논에서 살 수 있는 벤틀리도 푸조 208 수십 대의 가격이었을 것이다. 하지만 경차에는 경차의 행복이, 푸조에는 푸조의 합리가 있다는 걸 그 대화에서 확인했다. 작은 차라고 그 안에서 느끼는 행복의 무게까지 가벼운 것은 아니었다. 벤틀리는 한결같이 큰 행복을 보장할까? 어떤 방송에서 정신건강의학과 의사 오은영 선생은 이렇게 말했다. 돈이 없어서 아이를 가질지 말지 고민했다는 부부를 향한 조언이었다.

"만약 부유한 환경이 행복의 기준이라면, 그럼 부잣집 아이들은 모두 행복해야 해요."

선망과 소유욕, 질투와 불안 같은 단어들은 조금씩 과대평가되어 있는 것 같았다. 오지 않은 미래를 향해 준비 없이 내달리거나 과거에 붙잡혀 있는 감정들이었다. 행복은 그런 데 있는 게 아니었다. 그날 우리의 대화는 각자의 현실에 단단한 기반을 두고 있었다. 통하는 대화 속에 또렷한 즐거움이 있었다. 우린 참 많이 웃었고, 웃음에는 질투나 불안이 섞일 틈이 없었다. 그것만이 현실이었다. 소유와 즐거움에 대한 명상 같은 대화였다.

가질 수 없지만 갖고 싶은 물건들이 마음속으로 들어올 때마다 그날의 대화를 생각한다. 행복과 즐거움은 지금, 여기에서도 얼마든 발견하고 누릴 수 있다는 깨달음이었다. 나는 그를 '베이루트의 현자'라고 부른다. 2013년 여름이었다.

• • •

2015년 가을에는 도쿄의 현자와 함께였다. 그는 로로 피아나라는 최고급 캐시미어 브랜드의 수장, 미스터 로로 피아나였다. 이 브랜드의 옷들을 '최고급'이라고 할 수밖에 없는 근거를 여러 가지 방법으로 설명할 수 있지만 기회가 된다면 그저 손등으로 한번 쓸어 보시기를 권하고 싶다. 어깨에 한번 걸쳐 보시기를 권하고도 싶다. 누가 안아주는 것처럼 몸에 감기는 따뜻함과 부드러움. 마지막으로 가격표를 꼭 보시라고도 말씀드리고 싶다. 같은 디자인의 옷을 열 벌 이상 살 수 있는 그 아름답고 호사스러운 세계를.

그와 나는 인터뷰를 위해 서로를 마주하고 있었다. 지난 여름 휴가에 대한 이야기를 나누던 참이었다. 그가 말했다.

"작은 섬에서 보냈어요. 제 배를 타고 친구네 섬에 모였어요."

되물을 수밖에 없었다.

"친구가 섬을 갖고 있어요? 아니 누가 섬을 갖고 있어요?"

"아, 스페인 왕자예요. 배를 타고 그 섬에 모이는 거죠. 아주 즐거운 시간을 보낼 수 있어요."

"물론 즐겁겠죠? 그럼 섬에서의 일과는 어떻게 되죠?"

"바다에서 수영하고 맛있는 음식을 만들어 먹고 쉬어요. 책을 읽고 낮잠을 자기도 하고. 일어나서 조금 더 놀고, 다 같이 저녁을 만들어 먹죠. 가볍게 술도 한잔하고 영화도 보고. 이야기를 나누기도 하면서 다시 잠드는 거예요. 아침에는 늦잠을 자요. 그렇게 며칠을 보내요."

"제 여름휴가랑 거의 비슷한데요? 요트를 타고 친구네 섬에 놀러 간다는 점만 빼면."

나는 이 부유한 남자한테서 어떤 휴가를 기대하고 있었을까. 힙합 스타가 뮤직비디오에서 연출하는 것 같은 비키니 풀 파티? 24시간 상주하는 전속 요리사가 쉴 새 없이 산해진미와 명주를 내오는 사이사이 무희들의 공연이 끊이지 않는 중국 황제의 피로연? 나는 약간의 자격지심으로 너스레를 떨었는데, 그가 진심으로 대답했다.

"맞아요. 배나 섬을 가졌다고 행복한 건 아니죠. 어디서든 사랑하는 사람들과 그런 시간을 보낼 수만 있다면."

"그래도 내 요트랑 내 섬이 있으면 더 쉽고 우아하게 행복해질 수 있지 않을까요?"

"맞아요. 돈은 확실히 그런 역할을 하죠."

미스터 로로 피아나는 돈을 부정하지 않았다. 일의 가치를 경시하거나 그가 가졌던 행운을 무시하지도 않았다. 지금 가진 것들을 그대로 인정하고 직시하면서 다만 품격과 커리어의 어떤 정점에 오른 남자가, "같이 시간을 보내면서 관계를 창조하며 가족이 행복해하는 모습을 보는 것이 유일한 성공"이라고 말할 땐 소나무 숲처럼 담백한 기분이었다. 인생의 진짜 목표가 뭐냐는 질문에는 이렇게 대답했다.

"주변 사람들이 행복한 것. 그들이 고통받지 않는 것. 그들에 대한 책임을 지고 가족과 친구에게 도움이 되는 사람이 되는 것. 보고 싶지 않은 사람과 시간을 보내면서 시간을 낭비하지 않는 것. 이건 당신에게도 당부하고 싶어요. 진짜로 하고 싶지 않은 일은 하지 마세요. 절대로."

이토록 멋진 말을 다 듣고 나서 다시 숙소를 향할 땐 사실 좀 복잡한 심경이었다. 두 가지 생각 때문에 혼란스러웠다. 그의 담백한 행복론은 풍족하니까 할 수 있는 말. 돈이 진짜 많아서 가능한 거라는 의심과 회의가 있었다. 동시에 다른 한 편에선 이 지긋한 신사가 이룩한 성공의 진짜 비결, 그만의 굳은 심지를 본 것 같기도 했다.

미스터 로로 피아나의 목표에는 '나'가 없었다. 멋진 자동차를 갖고 싶다는 욕망도 없었다. 그 자리에 가족과 친구, 관계와 시간이 있었다. 행복의 기준을 이런 관점으로 볼 수 있는 사람이라면 요트나 섬을 가질 만큼의 재력이 아니라도 충분히 행복할 것 같았다. 나도 멋진 가족과 친구들을 갖고 있다. 시간은 누구에게나 공평한 재화다. 인터뷰를 마치고 숙소로 돌아가던 길에는 가수 이상은이 쓰고 부른 〈삶은 여행〉이 생각났다.

"어제는 날아가 버린 새를 그려 / 새장 속에 넣으며 울었지 / 이젠 나에게 없는 것들을 아쉬워하기보다 / 있는 것들을 안으리"

그날 이후 3백만 원짜리 재킷을 걸쳐보면서 괜히 작아지는 마음 같은 건 깨끗하게 사라졌다. 못 가져서 서럽지도 않았다. 품질에 감탄하고 디자인에 감동하는 마음 그대로 내 주머니가 허락하는 매장으로 돌리는 발길이 가벼워졌다. 비싼 재킷이 행복의 필요 조건이 아니라는 걸 알기 때문이었다. 산책하는 마음으로 주변을 돌아보면, 소중하고 좋은 사람들이 이미 내 곁에서 제자리를 찾고 있었다.

• • •

"우리 서울에서도 이렇게 살 수 있다면 괜찮겠다. 그렇죠?"

2019년 겨울, 태국 사무이 섬의 현자는 이렇게 말했다. 나와 아내는 함께 여행 중이었다. 약 2주간 섬에 있는 요가원에서 수련하며 휴식하는 일정이었다. 숙소는 요가원 바로 옆에 있었다. 오래됐지만 깔끔한 3성급 리조트였다.

섬의 하루는 단순했다. 우리는 7시쯤 일어나 몸을 씻고 샬라 shala로 걸어갔다. 샬라는 산스크리트어로 '집' 혹은 '처소'라는 뜻이다. 요가를 수련하는 공간을 요가 샬라라고 부른다. 가는 길에는 이미 수련을 마치고 돌아가는 사람들의 맑아진 얼굴과 만났다. 분홍색으로 상기된 두 볼 너머로 바닷바람이 그대로 통과하는 샬라가 우리를 기다리고 있었다.

수련을 마치고 나면 편의점에서 사 온 우유와 시리얼로 아침을 먹었다. 남은 오전 시간엔 테라스에서 책을 읽거나 원고를 썼다. 점심시간이 되면 30분쯤 걸어서 시내로 나갔다. 볶음밥이나 국수를 먹고 다시 돌아오면 책을 챙겨 수영장에 갔다. 선베드에 누워 책을 보고 수영을 하다 다시 눕곤 했다. 저쪽 선베드에서는 60대 부부가 각자의 책을 읽고 있었다. 유럽에서 온 30대 남자는 이어폰을 끼고 가부좌로 앉아 눈을 감고 있었다. 각자의 명상에 빠져 있는 풍경이었다.

하루에 세 시간 정도 수련하고 틈틈이 수영하면서 우리 몸은 점점 달라지고 있었다. 수련도 깊어졌다. 술도 마시지 않았다. 취할 마음이 생기지 않았다. 노곤하게 잠들어 산뜻하게 깼다. 매일 같은 신발을 신고 가벼운 옷을 입었다. 너무 당연해서 질릴 틈도 없는 일상. 오래전부터 이렇게 살아온 것 같았다. "가능하다면 평생 이렇게 살아도 괜찮을 것 같다"고 아내가 처음 말했을 땐 요가 여행을 시작하고 열흘 정도 지난 시점이었다. 태국 현자의 정체, 함께 여행 중인 아내였다.

"당신이랑 이렇게 살 수 있으면 행복할 것 같아. 수련하고, 가르치고, 그 돈으로 꼭 필요한 정도의 의식주를 해결할 수 있다면."

가능한 얘기였다. 사무이 섬엔 이미 그렇게 사는 부부가 있었다. 우리가 자주 들었던 수업의 선생님들, 마이클과 니키였다. 둘은 사무이 섬에서 만나 결혼했다. 니키는 요가 선생님이었다. 마이클은 호주에서 변호사로 일하다 요가 수련을 위해 섬을 찾은 참이었다. 둘은 사랑에 빠졌고, 지금은 둘 다 저명한 요가 지도자로 활약 중이다. 얼마 전엔 딸 엘사가 태어났다. 인스타그램에는 세 사람이 바닷가에서 춤을 추는 영상이 가끔 올라온다.

마이클과 니키의 삶에서 부족한 게 뭘까? 더 필요한 게 있을까? 물론 그들도 벤틀리나 포르쉐를 보면 멋지다고 생각할 것이다. 요트가 있으면 좋은 시간을 보낼 수 있을 것이다. 세계적인 요가 지도자가 되어서 큰돈을 벌 수 있다면 그중 하나를 가질 수도 있겠지? 하지만 행복과 소유는 서로 친하지 않다는 사실. 그들이라면 소유에 집착하는 대신 돈으로 할 수 있는 다른 멋진 일들을 훨씬 많이 알고 있을 것이다. 수련하고 발전하며 가족, 친구, 학생들과 나누는 시간으로도 이미 충만하니까. 그야말로 결핍이 없는 상태이기 때문이다.

돈은 결핍을 메우기 위한 수단일까? 오히려 결핍의 필요 조건은 아닐까? 삶에는 다양한 규칙과 흐름이 있고 우리한테는 선택의 자유가 있다는 걸 그들을 통해 배웠다. 언제든 돈보다 나은 선택을 할 수도 있다는 뜻이었다.

• • •

벤틀리를 살 돈이 없어도 수동기어 경차의 행복을 누릴 수 있다는 사실. 언젠가 요트를 살 수 있다면 멋지겠지만 공원에 캠핑의자를 펼쳐 놓고 책을 읽으면 또 부러울 게 없는 현실. 수련하고 수용하고 나누는 삶에서 가치를 찾는 방법……. 소비와 행복 사이에는 무한에 가까운 경우의 수가 있다는 걸 세 명의 현자가 증언해주었다. 이 세상을 마침내 좀 멋지게 살 수 있다면 바로 그런 태도 덕일 것이다. 돈은 내가 통제하는 것이라는 자각. 그것만이 유일한 자유 같았다.

하지만 그들의 가르침 사이사이에도 부지런히 벌어 알뜰하게 샀다. “선배 제발 그냥 좀 사세요.” 후배가 타박했던 로퍼는 고르고 골라 몇 년 후에 갖게 되었다. 좋은 날에만 곱게 신고 넣어둔다. 며칠 전에는 새로 나온 맥북을 샀다. 갖고 싶은 의자와 소파는 누가 만들었는지, 진짜 잘 만든 버튼다운 셔츠는 어디서 살 수 있는지를 찾고 또 찾는다. 이 정도면 그래도 다행인데.

소비에도 연륜이 쌓이니 스케일이 커졌다. 마감이 임박한 새벽에는 서울 시내 아파트와 빌라 시세를 그렇게 찾아봤다. 창밖으로 초록이 보이는 큰 창을 가진 집이 지금 얼마인지, 내 잔고와 지금 사는 집의 시세를 알아보고 비교하면서 희망과 회의 사이를 몇 번이나 왔다 갔다 했다. 서울에서 열린 국제 아트 페어에선 속 시원하게 갖고 싶은 작품이 한 점 있었는데 5천5백만 원이었다. 그걸 산다고 해도 걸어 둘 벽이 없으니 더 큰 집이 필요하다는 데까지 생각이 미치면 다시 돈에 대해, 지금의 나에게 없는 것들에 대해 생각하게 됐다.

대체 얼마를 벌어야 하나. 세상엔 아름답고 좋은 게 너무 많으니, 원하지만 못 갖는 것들의 이름을 아직도 수첩 귀퉁이에 작게 쓴다. 아마 영원히 이렇게 살겠지. 진짜 중요한 건 현실과 균형 감각이겠지. 세 명의 현자들이 가까스로 막아준 가슴이 오랜만에 조금 휑한 기분이었다. 작게 뚫린 바늘구멍 사이로 실바람 하나가 '헤헷' 웃으며 드나들고 있었다.

레이먼 킴

Raymon Kim

요리사

열다섯 살에 캐나다로 이민을 가, 스물한 살에 토론토에 위치한 레스토랑 'REMYS'에서 파트타이머로 주급을 받으며 첫 요리를 시작했고, 1년 뒤 제대로 된 월급을 받는 요리사(Line Cook)가 됐다. 그리고 3년 뒤에 'OREGANO NORTH'와 'REDWOOD GRILL'의 수 셰프, 'CAFE MIMOSA'와 한식과 캐나다식을 접목한 레스토랑 'NAMU'의 헤드 셰프를 끝으로 한국으로 돌아와 신사동에 '앨리스 키친 Alley's Kitchen'을 열었다. 이후 '그릴 맥Grill Mac', '시리얼 고메Serial Gourmet' 등의 레스토랑을 열어 헤드 셰프를 지내고, '미드가르드 Midgard'의 오너 셰프 겸 곤지암 리조트 속 푸드 트럭들과 레스토랑 두 곳의 총괄 셰프를 역임했다. Olive TV의 〈샘&레이먼의 쿠킹타임〉 〈올리브 쇼〉 〈키친 파이터〉 〈두 남자의 캠핑쿡〉, SBS 〈정글의 법칙〉, JTBC 〈냉장고를 부탁해〉 등 방송 활동도 활발하게 하고 있다.
그만의 독보적인 요리 레시피는 유튜브 채널 〈레이먼 킴의 인생고기〉에서 볼 수 있다.

○ ○ ○ ○ ○ ○ ○ ● ○ ○ ○ ○ ○

자기가 좋아하는 일을 계속하기 위해서는 자신의 꿈과 일을 같은 높이에 두어야 한다. 꿈과 일을 한 시야에서 동시에 바라보아야 한다. 요리사에게 요리는 꿈이지만 레스토랑은 사업이다. 사업하는 사람에게 꿈과 진심은 곧 돈이다. 이렇듯 꿈과 돈은 언제나 같이 간다. 이는 요리사에게만 적용되는 것은 아닐 것이다.

돈과

꿈은

같은 높이에 있다

내가 요리를 하는 이유

생각해 보니 사회에 나온 지도 꽤 오래됐다.

파트타이머가 아닌, 풀 타이머로 월급을 받으며 요리사로 살아온 날이 어느덧 27년째다. 이 와중에 요리사로 일을 하며, 자영업자로 또 작은 법인을 운영하는, 나름대로 사업자로 겸업 아닌 겸업을 하며 살아온 지가 벌써 10년이 됐다.

나는 캐나다에서 요리를 배우고 일했다.

캐나다도 그렇고, 한국도 그렇고, 대부분의 요리사는 1년 또는 2년짜리 계약직 노동자로 살아간다. 계약 기간 동안에는 4대 보험도 들고 1년마다 퇴직금도 받지만, 요리사로서 일을 아무리 잘해도 레스토랑이 문을 닫거나 사장이나 투자자들과 갈등이라도 생기면 새 일자리를 찾아 떠나야 하는 것이 요리사라는 직업의 현실이다.

직장을 옮겨 다니는 일을 몇 번씩이나 겪고 나서, 나중에는 진절머리가 나 개인사업자를 내고 내 가게를 차리게 됐다. 자영업자가 됐다는 말이다.

내 가게를 차리게 되면 겉으로는 좋아 보이지만, 한 걸음만 더 들어와 보게 되면 이곳이 바로 전쟁터라는 걸 알게 된다. 가게 임대료도 내야 하고 매달 고지되는 전기세와 수도세 등 각종 고정비용도 적은 것이 아니다.

당연히 직원들 월급은 단 하루도 밀리면 안 된다. 절대 안 된다! 그런데 원자재 값은 내가 요리를 시작한 이후 단 한 번도 내린 적이 없다.

게다가 꼬박꼬박 내야 하는 세금은 왜 이리 많은 것인지. 언제 문 닫을까 두려워하며 하루하루 조마조마한 심정으로 가게를 꾸려가는 것이 자영업자의 현실이다.

직원이야 일을 마치고 퇴근하면 그뿐이지만 사장의 고민은 바로 그 시간부터 시작된다.

직원들이 모두 퇴근하고 가게 셔터를 내리고 간판 불을 끄고 난 뒤, 아무도 없는 어두운 홀에 앉아 이런 생각을 하곤 한다.

'지난 27년 동안 나는 무엇에 홀려서 이 일을 해왔을까?'

결혼을 하고 가정이 생기고, 아이를 키우다 보니 요즘 더 자주 이런 생각을 한다.

'나는 도대체 무엇을 위해 일하고 있는 거지?'

내 가족의 행복과 부러움 없는 생활을 위해서?

안락한 노후를 위해서?

사회에 득이 되는 이로운 일을 하기 위해서?

아니면 오직 나 자신의 만족과 성취감을 위해서?

아무리 고민해 봐도 결국 내 대답은 돈이다. 요리사라는 일을 하는 데 멋진 이상과 번지르르한 여러 구실을 갖다 붙일 수 있고, 그럴듯한 명분을 댈 수도 있다. 뭔가 굉장히 있어 보이는 답을 할 수도 있다.

하지만 솔직히 말하자면, 내가 일을 하고, 요리를 하는 가장 큰 이유는 돈이다.

쉽게 생각하자. 요리에서도 삶에서도 언제나 가장 간단한 것이 정답이라는 것을 나는 자주 경험했다.

나는 요리사다. 돈이 있어야 내가 하고 싶은 요리를 계속할 수 있고, 돈을 벌어야 가게를 계속 운영할 수 있다.

나는 요리사라서, 요리라는 일을 해야 돈을 벌 수 있고, 돈을 벌어야 내 가족을 챙길 수 있고, 그래야만 스스로 만족감과 긍지도 느낄 수 있는 것이다.

돈을 벌어야 세금을 낼 수 있는데, 이게 결국 사회에 이익이 되는 행동이지 않겠는가.

가장 강력한 동기부여의 원인은 돈

6년 전쯤이다. 가게 4곳을 동시에 운영하던 시기가 있었는데, 그때 가장 힘들었던 점은 메뉴 디자인이나 식자재 연구, 마케팅 같은 것이 아니었다. 가장 힘들었던 건 바로 인력 채용, 즉 사람을 구하는 것이었다.

요즘도 식당, 특히 양식당은 사람 구하기가 상당히 심각하다고 하는데, 아마 그 당시부터 슬슬 인력 채용이 힘들어지던 시기가 아니었나 싶다.

아무리 사람 구하기가 힘들다고 하더라도, 요리하고 싶다고 찾아오는 이를 무턱대고 다 받을 수는 없는 일이다. 그래서 이력서를 검토하고 면접을 본다. 홀과 주방은 서로의 호흡이 상당히 중요하다.

분명 다른 가게에도 들어갔을 이력서 가운데 그나마 마음에 드는 몇 명을 추린다. 이런저런 경력도 따져서 면접자를 고르고 난 뒤 연락을 하고 면접 날짜를 잡는다. 하지만 이 과정에서 반 정도가 떨어져 나간다. 믿기지 않겠지만, 면접을 보러 오지 않는 것이다. 아무런 연락도 없이 면접 당일 날 나오지 않는 경우가 자주 있다. 아니, 상당히 많다. 하지만 뭐, 어쩔 수 없는 일이다. 오기 싫다는 걸 어쩌랴.

면접자와는 짧은 시간이지만 이런저런 이야기를 나눈다. 지원하게 된 계기는 뭐냐, 좋아하는 요리 또는 해보고 싶은 요리는 뭐냐, 요리사로서 꿈꾸는 미래가 있느냐 등등의 이야기도 나누고 나서 이렇게 말한다.

"일단 2~3주 정도 함께 일해 봅시다. 그동안 우리가 함께 일하는 게 맞는지 어떤지도 좀 알아보고, 기존에 일하고 있는 팀들과의 팀워크도 한번 체크해 봅시다. 주방은 무엇보다 팀워크가 중요한 곳이니까요. 그러고 나서 결정하시죠." 이렇게 말하며 악수를 청한다

하지만 실은 서로가 다 알고 있다. 결국은 '그래서 얼마?'의 문제라는 걸.

믿음 가득한 표정으로 굳게 맞잡은 손을 흔들고 있지만, 속으로는 이렇게 말하고 있다.

'얼마를 원하니?'

'얼마를 줄 수 있어요?'

'한 달에 몇 번 쉴 수 있어요?'

'그래, 한 달에 몇 번 쉬고 싶은 건데?'

이런 물음을 가지는 건 당연한 일이다. 절대 비난받을 일이 아니다. 우리는 프로페셔널이니까 이러는 것이 당연하다. 자신의 노동력을 제공하고 그에 대한 합당한 대가를 받는 것, 또는 대가에 상응하는 노동력을 제공하는 것, 그것이 프로페셔널이 하는 일이다. 당연한 그 일에 관해 묻는 것을 창피해하거나 부끄러워

해선 안 되고 또 그럴 필요도 없다.

나는 일을 '스무스'하게 하기 위해서는 임금에 대해 정확한 계산이 오고 가야 한다고 강하게 믿고 있다. 그래서 여기에 대해 질문을 하는 것을 전혀 불편하게 생각하지 않는다.

그리고 임금에 대해 말하자면, 사회생활을 해 본 사람은, 그리고 일을 해 본 사람은 알 것이다. 우리를 힘껏 뛰게 하는 가장 강력한 동기부여의 원인은 돈이라는 것을.

내가 오랫동안 이 일을 하면서 알게 된 건, 어느 정도 수준까지는 돈을 많이 주면, 그만큼 좋은 결과물이 나온다는 것이다.

아무튼 그런 과정을 거쳐 어찌어찌 일을 시작하게 되면 인간적으로 친해지게 되고, 그러다 보면 또 자연스럽게 인생 상담 비슷한 것도 하게 된다. 아직 풋내기 요리사에 불과하지만 내가 지나온 길을 그대로 따라오는 후배이자, 함께 가는 동료라는 마음이 들어 최대한 성심성의껏 대답하기 위해 노력한다.

모든 일이 그렇겠지만, 요리 역시 쉬운 일이 아니다. 요리사의 모습은 TV에 나오는 이미지와는 상당한 거리가 있다. 뜨거운 불 앞에서 무거운 조리 도구를 들고 하루 종일 서 있어야 한다. 큰 주방은 10명 가까운 요리사가 뒤엉켜 일하는데, 그들이 들고 있는

칼이 무협지의 한 장면처럼 난무하는 곳이 바로 주방이기도 하다. 한 마디로 전쟁터다.

나는 그들에게 기본적으로 조금은 안쓰러운 마음을 가지고 있다. 내가 겪어온 힘든 길을 그들도 똑같이 반복할 것이 뻔히 보이기 때문이다.

"어떻게 요리사가 됐어요?"

"요리는 왜 하는 거죠?"

젊은 시절, 내가 선배 요리사에게 받았던 질문을 후배 요리사들에게 똑같이 던진다.

"어릴 때부터 요리사가 되고 싶었습니다."

"어쩌다 보니 요리사가 되어있는데, 지금은 요리 말고는 할 수 있는 다른 일이 딱히 없어요."

"요리할 때 가장 행복해요."

다들 비슷하면서도 평범한 대답을 내놓지만, 나는 그 대답이 그들이 할 수 있는 가장 진실하고 뛰어난 답이라는 걸 알고 있다.

원래 가장 평범하게 보이는 것이 가장 절실하고 뛰어난 것임을 나는 요리를 하며 알게 됐다. 가장 맛있는 요리는 우리가 가장 흔히 먹을 수 있는 밥과 된장찌개이듯, 우리가 가장 원하는 것은 언제나 우리 옆에 있는 것들이다. 단지 우리가 그 사실을 모르고 있을 뿐이지.

마지막에는 그들에게 항상 이 질문을 던진다.

"요리를 계속한다면 앞으로 뭘 해보고 싶어요?"

이 질문을 던지면, 이제 막 요리를 시작한 막내급 요리사들 가운데 8할은 이렇게 대답한다.

"제 가게를 하고 싶습니다!"

이 대답을 들은 나는 속으로 탄식한다.

'아, 너 역시 결국엔 오너 셰프가 되고 싶은 거구나.'

나는 고민하기 시작한다. 오너 셰프라……. 답이 안 나온다.

'아, 이걸 응원해야 하나? 아니면 처음부터 싹을 잘라서 이 친구를 지옥 같은 이곳에서 구해줘야 하나?'

그런 친구들 대부분은 또 이렇게 덧붙인다.

"강남이나 이태원, 홍대 같은 목 좋은 곳에서 근사한 제 가게를 열고 싶어요!"

나는 그들에게 이렇게 말하고 싶지만 간신히 참는다.

'혹시 너희 집에 깔고 앉아서 숨을 못 쉬는 돈이 있니? 그냥 날려도 되는, 신나게 놀고 있는 돈이 많이 있니?'

요리사, 현실과 진심 사이에서

친하게 지내는 여행작가 형님이 있다. 그는 언제나 이렇게 말한다.

"나는 여행을 좋아하지 않는 여행작가야."

이 말을 처음에 듣고서는 "에이~, 그게 무슨 말이에요?" 했지만, 그와 함께 몇 번의 여행을 다녀오고 난 후 나는 왜 그가 여행을 좋아하지 않는다고 말하는지 그 이유를 알게 됐다.

그와 함께했던 여행은 그때까지 내가 경험했던 여행 그리고 상상했던 여행과는 완전히 달랐다. 그는 새벽부터 일어나 밤늦게까지 사진을 찍었고, 사람들을 만나 인터뷰를 했다. 그의 어깨에는 언제나 무거운 카메라 가방이 메어져 있었다. 한 번 들어봤는데, 족히 15킬로그램은 나갈 것 같은 무게였다. 그는 밥 먹는 시간이 아까워 샌드위치를 먹으며 운전을 했다. "밥 먹는 시간이면 60킬로미터를 이동할 수 있어."

그는 입맛에 맞지 않는 음식을 기꺼이 먹었는데, 나라면 도저히 입에 넣지 못할 음식을 입 속에 털어 넣었다. 예를 들면 거미와 애벌레 같은 것들 말이다. 그러고는 이렇게 말했다.

"이걸 먹으면 뭐라도 한 줄 쓸 수 있거든."

'먹으면 뭐라도 한 줄 쓸 수 있거든.'

나는 이 말을 듣고 머릿속이 환해졌다. 짠하면서도, 슬프면서도, 애잔하면서도, 책임감으로 가득한 말이었다. 그 한 문장에는 우리가 왜 아침부터 밤까지 일을 하는지, 우리가 왜 살아가는지에 대한 답이 담겨 있었다.

그에게 '한 줄 쓴다'는 건 자신의 일을 한다는 뜻일 것이고, 그 말은 곧 돈을 번다는 뜻일 것이다. 자신과 가족의 생계를 위해 일을 하고, 자신의 꿈을 실현하기 위해 하기 싫은 일을 하고, 꿈을 실현하기 위한 돈을 벌기 위해 하기 싫은 일을 '기꺼이' 한다는 것으로 나는 그의 말을 이해했다.

요리를 하다 보면, 그리고 요리사로 일하다 보면, 요리사라는 '환상'과 요리사라는 '현실' 사이에서 자주 고민하고, 많이 절망하고, 수없이 방황한다. 그리고 어쩔 수 없이 타협하게 된다. 그렇지만 어쩔 수 없는 일. 세상 사는 건 끊임없이 적과 마주 앉아 협상을 하는 일이니까.

요리사로 생업을 이어가기 위해서는 → 요리를 해서 돈을 벌어야 하고 → 돈을 벌어야 요리를 계속할 수 있고 → 요리를 계속해야 요리사로 생업을 이어갈 수 있다. 이 간단한 사이클을 무한 반복하는 것이 바로 요리사의 인생이다. 요리사는 돈을 벌지 않고는 절대로 요리를 계속할 수 없다.

요리사의 현실은 다음과 같다. 내가 지금까지 요리사로 일하며 직접 겪은 현실이다. 나뿐만 아니라 동료, 후배, 선배 요리사도 나와 똑같은 현실을 겪었고 지금도 겪고 있다.

강남 목 좋은 곳에 테이블 10개를 놓고 식당을, 게다가 레스토랑이라고 불리는 양식이란 장르를 시작한다고 하자. 지금 시세로 기본적으로 5~6억은 들어간다. 만약 자신의 건물이 없다면(아마 대부분 없을 것이다), 보증금부터 몇천만 원을 걸어야 할 것이다. 요즘에는 억 단위로 거는 곳도 심심찮게 나오는 것으로 알고 있다. 여기에 월세로 몇백만 원씩 건물주에게 매달 꼬박꼬박 내야 한다. 이렇게 해도 건물 계약 기간은 길어야 3~4년밖에 되지 않는다. 게다가 월세는 절대로 내리는 법이 없다. 매년 꼬박꼬박 오른다.

여기에 엄청난 비용이 더해진다. 일단 인테리어 공사. 비용이 만만치 않게 든다. 공사가 끝나면 테이블과 의자, 장식장, 수납장 등 가구를 들여야 한다. 결국엔 폐기물로 전락할 것이 뻔하지만 이것들 없이 식당을 운영할 수는 없지 않은가. 주방 공사에도 큰 비용이 든다. 주방 기물과 식기류, 조리 도구 등을 들여야 한다. 주방 기물은 나중에 고철보다 못한 가격에 팔려 황학동으로 가게 될 것이 뻔하지만, 역시 이것들 없이 레스토랑을 열 수는 없는 일 아닌가.

속된 말로, 돈이 돈이 아니다.

자, 많은 돈을 들여 레스토랑을 오픈했다고 치자. 이제부터는 식자재비와 고정비, 인건비와 피나는 싸움을 벌여야 한다. 우리나라의 식자재비는 결코 싼 것이 아니다. 세계 최고 수준이라고 해도 과언이 아니다. 인건비는 더 말할 것도 없다. 모두가 퇴근한 텅 빈 홀에서 요리사는 '어떻게 하면 더 맛있고 창의적인 요리를 만들 수 있을까?' 하고 고민하는 것이 맞겠지만, 어떻게든 단가를 맞추기 위해 계산기를 두드리며 머리를 싸매고 있는 것이 서글픈 현실이다.

레스토랑에 투자한 돈은 4년 안에 회수해야 한다는 것이 이 바닥의 생리다. 4년 뒤에는 인테리어를 재단장해야 하고 메뉴도 업그레이드해야 한다. 그동안 월세와 물가도 많이 올랐을 것이다. 그럼 가게를 팔아버리면 되지 않을까?

하지만 그것 역시 쉬운 일이 아니다. 한국은 동네의 잘 되는 일반음식점이나 번화가의 붐비는 술집, 아주 오랫동안 문을 열어 유명해진 노포가 아닌, 양식당을 웃돈 주고 사서 같은 인테리어에 같은 이름으로 가게를 이어 하는 경우는 정말 드물다. 대부분 가게를 싹 밀고 다시 시작하는 게 일반적인데, 4년 후에 지금 이 가게를 누가 사주겠는가? 양식당 운영하고 나가면서 권리금 받는 사람은 본 적이 거의 없는 것 같다. 아니, 한두 번 보았나? 기억에 가물가물하다. 보증금만 건져 나가도 다행인데 나갈 때 임대 건물 원상복구 비용도 만만찮게 든다

이렇게 생각해보자. 요리사를 꿈꾸는 남자의 경우, 군대에 다녀오고 여기저기 일해서 20대 후반에 월급 300만 원 정도를 받는 중간급 요리사가 되었다고 하자. 밥도 안 먹고, 술도 안 마시고, 차도 안 사고, 결혼도 안 하고, 그래서 돈을 한 푼도 안 쓰고 월급 100퍼센트를 저축해 1년 동안 모으면 3천 6백만 원이다. 그렇게 10년을 꼬박꼬박 모으면 3억 6천만 원. 조금 더 선심 써서 해마다 10퍼센트씩 임금 인상이 되고, 퇴직금도 있다고 쳐서 10년 동안 5억 정도 모았다고 하자. 하지만 30대 후반에 위에 써 놓은 듯한 가게 하나 차리고 나면 잘해야 본전이고 남는 것은 마이너스 통장이다.

이런데 묻고 싶다. 그래도 오너 쉐프를 하고 싶어?

'그러지 말고 20년 정도 죽어라고 열심히 요리하고, 요리에 대해 생각하고, 요리를 연구해 네 재능에 반한 투자가가 생기고, 그 투자가와 함께 가게를 여는 게 더 낫다.' 이렇게 말해주고 싶다.

하지만 참는다. 내가 그에게 월급을 얼마나 준다고 이런저런 잔소리를 할 수 있을까. 알량한 그 돈 주면서 동료 요리사의 거창한 꿈을 뺏아서야 되겠느냐 하는 생각이 들기 때문이다.

돈은 힘이 세다

요리사는 꿈만 먹고는 살 수 없는 직업이다. 요리사는 자기가 만든 음식을 남들에게 팔아야 한다.

나는 개인적으로, 요리사라면 꿈과 돈이 같은 높이에 있어야 한다고 생각한다.

무언가를 통해 생계를 유지한다는 것은 쉬운 일이 아니다. 자신이 가진 기술과 특기로 돈을 벌고 살아간다는 것은 굉장한 일이다. 그건 재능의 차원에 속하는 일이라고 생각한다. 어쩌다 요리 한두 가지를 잘할 수는 있지만, 10~20년 동안 요리를 하며 가족을 먹여 살린다는 것은 전혀 다른 차원의 일이다.

자기가 좋아하는 일을 계속하기 위해서는, 앞에서도 말했다시피 자신의 꿈과 일을 같은 높이에 두어야 한다. 꿈과 일을 한 시야에서 동시에 바라보아야 한다.

요리를 처음 시작한 이들은 요리가 좋아서 시작했을 것이다. 누군가를 위해 요리를 하는 일만큼 기쁜 일은 없다는 것을 나는 잘 알고 있다. 자신이 만든 맛있는 음식이 사랑하는 사람의 입에 들어가는 것을 보는 것, 그 사람이 내 요리를 먹고 배가 부르고 행복해하는 모습을 보는 것만큼 보람 있고 아름다운 일이 또 있을까.

요리를 좋아해서 열심히 하다 보면 요리를 잘하게 될 것이다. 요리를 잘하는 사람이 되면 세상이 찾을 것이고, 세상이 찾는다는 것은 곧 돈을 벌 수 있는 기회가 왔다는 말이다. 세상에 공짜는 없는 법이니까. 이렇게 세상이 자주 나를 찾아준다면 돈을 많이 벌 수 있는 것이다.

여기서 제일 중요한 것은 '열심히'다. 요리를 시작하는 이들은 티브이에 나오는 스타 요리사들을 부러워한다. 하지만 그들의 화려한 지금 모습만을 부러워하고 박수를 보낼 뿐, 죽기 살기로 노력했던 아득한 그 시간에 대해서는 전혀 생각하지 않는다.

지금 티브이에 나오는 요리사들이 얼마나 오랜 시간 동안 요리를 해왔을까. 나는 톱 클래스로 손꼽히는 선배와 동료 요리사들이 어떻게 일하는지 가까이에서 볼 기회가 자주 있다. 그분들이 일하는 수준은 상상을 초월한다. 어떤 결과물을 잘 만들기 위해, 자기 스스로가 만족하는 수준에 다다르기 위해 정말 엄청난 집중력으로 노력한다.

평범한 수준으로는 돈을 벌 수 없는 시대다.

톱 클래스가 되기 위해서는 뼈를 깎는 노력을 해야 하는데, '오랫동안' 한 분야의 일을 계속하기 위해 가장 필요한 것이 무엇일까?

그것은 바로 돈이다.

세상은 냉정하다. 모든 직업은 외롭다. 오너 셰프는 차가운 세상 속에 홀로 서 있는 외로운 존재다.

이 외로움을 잘 버티게 해주는 것은 돈이다. 돈이 있으면 지금 당장은 힘들지만 일을 계속하며 버틸 수 있다.

무슨 일을 하든 버티는 것이 가장 중요하다. 버티는 것이 이기는 것이다. 아니, 버티다 보면 이기게 된다.

일을 계속하며 버티다 보면 언젠가는 잘하게 될 것이고, 잘하면 돈을 많이 벌게 될 것이다. 돈을 많이 버는 것. 이기는 것의 한 종류기도 하다.

돈은 이처럼 힘이 세다.

요리사에게 요리는 꿈이지만 레스토랑은 사업이다.

사업하는 사람에게 꿈과 진심은 곧 돈이다. 이렇듯 꿈과 돈은 언제나 같이 간다. 이는 비단 요리사에게만 적용되는 것은 아닐 것이다.

나는 요리사이지만 엔터테이너기도 하다. 우리의 한 끼를 행복하게 만드는 음식도 만들지만, 때로는 필요 이상으로 사치스럽거나 오직 재미로만 이루어진 음식을 만들어 팔기도 한다. 그렇다고 나 자신을 안쓰럽게 생각하거나, 내 처지를 비관하지 않는다.

나는 돈과 꿈을 같은 높이에 두고 바라보고 있으니까.

김중혁

소설가

2000년 『문학과사회』에 중편소설 「펭귄뉴스」를 발표하며 데뷔했다. 「엇박자 D」로 김유정문학상을, 『1F/B1』으로 문학동네 젊은작가상 대상을, 「요요」로 이효석문학상을, 『가짜 팔로 하는 포옹』으로 동인문학상을, 『휴가 중인 시체』로 심훈문학상 대상을 수상했다.
소설을 쓸 때 가장 행복하다.

○ ○ ○ ○ ○ ○ ○ ○ ● ○ ○ ○ ○

시간이 흐르면서 돈과 재미의 기울기가 조금씩 바뀌고 있다. 돈이 더 필요했던 때가 있었다면, 지금은 재미가 더 필요할 때다. 거절의 기준도 바뀌었다. 그래서 이런 문구를 붙여두었다. 리베카 솔닛의 책에서 본 문장이다.
"정말로 좋은 이유가 없다면 절대로 모험을 거절하지 말자."

돈과 재미,

그 기울기

또는 균형에 관하여

1

"회사와 상의해볼게요."

요즘 가장 자주 하는 말 중 하나다. 급하게 결정을 내려달라는 요청을 받을 때 이보다 더 좋은 핑계가 없다. 회사와 상의를 한다는데 누가 뭐라고 하겠나. 신중하게, 그러나 재빨리, 그리고 이성적으로 문제를 해결하려는 태도가 말투에 드러난다. 그런데, 말로만 그러는 게 아니라 실제로 상의를 한다. 그것도 아주 심도 있게 이야기를 나눈다. 아무리 사소한 문제라도 거절할 확률이 무척 높은 제안을 받았더라도 일단 상의를 한다.

일명 '소속사'라는 이름으로 부를 수 있는 블러썸 크리에이티브와 함께 일을 시작한 게 올해로 8년째다. '국내 최초의 작가 에이전시'라는 이름에 걸맞게 초반에는 약간의 시행착오도 있었지만 이제는 회사로부터 큰 도움을 받고 있다. 회사의 경제 사정이 어떤지는 정확히 모르지만 – 아마도 작가 에이전시로 큰돈을 벌지는 못할 것이다 – 제발 큰돈을 벌어서 사업이 영속될 수 있기를 바랄 뿐이다.

누군가와 상의를 할 수 있다는 건 얼마나 든든한 일인지 모른다. 그러나 무엇보다 회사의 도움을 가장 크게 받는 지점은 거절할 때다. 나 대신 누군가 거절을 해준다는 것만으로도 큰 빚을 지고 있는 느낌이다. 거절하는 게 얼마나 힘든 일인지 기억하고 있기 때문이다. 예전에는 정말 거절을 못 했다. 얼마나 못했냐면…….

2

소설을 쓰는 사람답게 감정이입만큼은 타의 추종을 불허한다. 다른 사람의 이야기를 들으면 마치 내 이야기인 것처럼 빨려 들어간다. 잠깐의 사정만 들었을 뿐인데 마치 그 사람의 인생 전체를 함께 경험한 것 같을 때도 있다. 좋게 말하면 감정이입을 잘하는 것이고, 나쁘게 생각하자면 '누군가에게 속기 쉬운' 종류의 사람인 셈이다.

거절을 잘하지 못하는 성격 역시 감정이입 때문이다. '나한테 돈을 빌려달라는 걸 보면 정말 힘든가 보다.' '이런 부탁을 하는 걸 보면 진짜 궁지에 몰린 모양이야.' 같은 생각이 절로 들면서 상대의 처지를 나 혼자 부풀려 생각하고 만다.

내 인생에서 가장 힘든 시기는 잡지사 기자를 할 때였다. 기사를 작성하는 것은 식은 죽 먹기였고, 인터뷰나 취재 역시 어려운 일이 아니었다. 말하기 좋아하고 글쓰기 좋아하는 내 적성에 딱이었다.

가장 어려운 문제는 섭외였다. 잡지 기획이 끝나고 내가 취재해야 할 대상들에게 전화를 걸어서 약속을 잡아야 했는데, 그 순간이 다가오면 모든 머리카락이 곤두설 정도로 긴장했다. 핸드폰 사용료가 비쌀 때였는데, 나는 사무실에서 전화하지 못하고 늘 옥상으로 올라갔다.

"네, 저는 아무개 잡지의 김중혁 기자라고 하는데요, 이번에 취재를 하고 싶은데요, 안 되나요? 이번에는 제가 꼭 필요해서 그러는데, 이번 달 한 번만 어떻게……. 한 번만 더 생각을 해 봐 주시면 안 될까요? 아뇨, 시간을 많이 뺏지도 않고요, 간단하게……."

이런 전화를 하고 나면 온몸에서 힘이 쫙 빠져나간다. 취재고 뭐고 다 때려치우고 어디 가서 시원한 맥주를 마시고 싶다.

옥상에서 핸드폰을 붙들고 누군가에게 사정하던 그 순간은 뇌리에 깊이 각인돼 있다. 문제는 내가 거절을 해야 하는 순간에 그 장면이 떠오른다는 것이다. 소설가가 되어 일정상 무리한 부탁을 받거나 별로 하고 싶지 않은 인터뷰 요청을 받을 때면 그 장면이 떠올랐다. 나에게 부탁을 하는 사람의 얼굴이 클로즈업되어 떠오르고, 그 사람 역시 옥상에서의 나처럼 몹시 떨고 있지는 않을까, 이 전화가 그 사람의 첫 번째 섭외 전화인 것은 아닐까, 내가 거절하면 큰 상처를 받는 것은 아닐까……, 과도하게 남 걱정을 하다 보면 거절 타이밍을 놓치고 나도 모르는 사이 승낙을 하고 난 뒤였다. 바보 같으니라고……. 거절하지 못한 걸 나중에 후회하지만 이미 늦었다. 다시는 그러지 말아야지 다짐하지만 옥상에서의 장면은 강력하게 나를 쥐고 흔든다.

거절을 잘하지 못하는 데는 여러 가지 이유가 있겠지만, 무엇보다 '거절의 언어'를 제대로 배운 적이 없기 때문이라는 생각이 들었다.

3

"싫어요."

"안 먹어요."

"그거 안 할래요."

이런 말을 하기 위해서는 무엇보다 자기 확신이 있어야 한다. 싫다고 말하기 위해서는 좋은 걸 많이 알고 있어야 한다. 좋은 것도 모르는 주제에 싫다는 말만 입에 붙이고 살다가는 결국 더 싫은 것을 선택할 수밖에 없다. 안 먹겠다고 말하기 위해서는 먹을 걸 언제든지 구할 수 있어야 한다. 부유하게 자라지 못한 아이나 형제자매가 많았던 아이는 "안 먹겠다"는 말을 잘하지 못한다. 안 먹겠다고 버텼다가는 결국 '못' 먹게 되고, 못 먹게 되면 경쟁에서

도태될 수밖에 없다. "그거 안 할래요"는 그걸 안 해도 사는 데 아무런 지장이 없을 때 가능한 말이다. 그것쯤 안 해도 피해를 보지 않을 때 다른 할 일이 너무너무 많을 때 입 밖으로 뱉을 수 있다.

어린 시절, 누군가 거절의 말을 가르쳐주었더라면 얼마나 좋았을까. 싫다고 말해도 혼나지 않고, 안 먹는다고 하면 왜 안 먹으려고 하는지 물어봐 주고, 정 먹기 싫으면 지금 먹지 말고 나중에 먹어도 된다고 얘기해주었으면 어땠을까. 안 하겠다고 말해도 버릇없다는 꾸중을 듣지 않아도 되었다면 얼마나 좋았을까. 그래도 되는 사람이 한 명도 없었던 건 아니지만, 주위의 더 많은 사람이 그랬더라면 어땠을까. 우리는 거절의 말에 좀 더 떳떳하고, 익숙할 필요가 있었다. 거절의 말만 입에 달고 살아서는 안 되겠지만 공경의 말과 겸손의 말을 배웠던 시간만큼 거절의 말을 배웠더라면 좀 더 균형 잡힌 인간이 되었을 것이다.

거절의 언어를 배우면 상대방의 제안을 거절할 때도 요긴하지만 상대방의 거절을 받아들일 때도 큰 도움이 된다. 누군가 거절할 때는 그럴 만한 이유가 있다는 걸 곧바로 이해하고 큰 상처를 받지 않을 수 있다. 상처를 받지 않으려면 나름의 자기 암시가 필요하고, 노력이 필요하다.

4

사람들 앞에서 글쓰기에 대해 강의를 할 때가 있는데, 예전에는 고충이 많았다. 작가가 되고 얼마 지나지 않아 처음으로 강의를 했던 때가 기억난다. 나는 벌벌 떨고 있었고, 해야 할 말을 제대로 떠올리지 못했다. 등에서 식은땀이 흘렀다. 사람들이 나를 바라보고 있었다. 정신을 차려보면 커다란 강의실에서 나 혼자 말을 하고 있었다.

'세상에!'
'내가 뭐라고 혼자 떠들고 있는 거지?'
'나는 아는 게 하나도 없는데?'
'나는 글쓰기에 대해서 아는 게 하나도 없는데?'

이런 생각을 하면서 말을 하려니 계속 발음이 꼬였고, 문장 하나를 제대로 끝내지 못했다. 나는 한 시간 강의를 채우지 못하고 30분 만에 할 수 있는 이야기를 모두 끝내고 말았다. 그때부터 지옥이 시작됐다. 한 학생이 핸드폰을 들고 밖으로 나가는 모습이 슬로 모션으로 보였다. 나를 바라보는 모든 학생들의 눈빛이 말을 하고 있었다. 눈으로 내 욕을 하고 있었다.

'적당히 하시지.'

'그런 실력으로 무슨 강의를 해?'

'빨리 끝내, 나 약속 있으니까.'

'시간 정말 아깝네.'

눈으로 내뱉는 그들의 말이 내 귀를 때리고 있었다. 식은땀이 흘러내리는 속도가 빨라졌다. 무슨 말을 했는지는 잘 기억나지 않지만 어쨌든 강의를 마치고 나는 집으로 돌아오면서 펑펑 울었는지, 다시는 강의를 하지 않겠다고 다짐을 했는지, 다리가 후들거려서 바닥에 주저앉았는지도 잘 기억나지 않는다.

도서관이나 대학이나 책과 관련된 단체에서 계속 연락이 왔다. 강의를 해달라는 것이었다. 거절하고 싶었지만 돈이 필요했다. 나는 또 식은땀을 흘리면서 강의를 했고, 누군가 밖으로 나가는 순간 그들의 목소리를 들었고, 좌절했고, 기억을 잃었고, 잘 기억나지 않는 말을 아무렇게나 했고, 어쨌든 시간은 흘렀고, 강의는 끝났고, 집으로 돌아왔고, 다시 강의를 하러 갔고, 지방으로 가는 기차에서 나는 강의 내용을 훑어보았고, 이런 말을 해야겠다고 생각했지만, 강의 도중에 누군가 밖으로 나갔고, 다시 나는 할 말이 떠오르지 않아서, 식은땀이 흘렀고, 다시 강의가 끝났다.

강의 도중에 누군가 딴짓을 하거나 밖으로 나가는 사람이 있어도 상처받지 않게 된 것은 그로부터 몇 년이 지나서였다. 여유가 생기기도 했지만 거절당하는 마음을 조절할 수 있게 되었기 때문이다. 마음속으로 나와 대화를 한다.

강의 중인 나 : 엇, 저 사람 밖으로 나가네?

초월적인 나 : 아주아주 급한 일이 있어서 나가는 거야.

강의 중인 나 : 저 사람은 계속 졸고 있어. 재미없나?

초월적인 나 : 어제 내 책을 읽다가 너무 재미있어서 밤을 새웠나 봐.

강의 중인 나 : 또 한 명 나간다.

초월적인 나 : 아, 저 사람은 딱 봐도 배탈이 나서 나가는 거네. 점심때 뭘 잘못 먹었나 봐.

한번은 강의 때 이런 적도 있었다. 열심히 이야기를 하고 있는데 맨 앞에 앉은 남자의 표정이 심상치 않았다. 팔짱을 끼고 어두운 표정으로 나를 째려보는 모습에서 강력한 반감을 느낄 수 있었다. 나는 남자를 보지 않으려 최대한 먼 곳으로 눈길을 돌렸고, 잘 웃는 사람들에게 초점을 맞추었다. 간신히 눈길을 피할 수 있었다. 강의가 끝나고 책을 가지고 온 사람들에게 사인을 하는데, 그 남자가 줄을 서고 있었다. '뭐지, 이 싸늘한 기운은? 본격적인 항의가 시작되는 것인가? 폭력 사태가 발생하는 건 아니겠지?'

남자가 내 앞에 서서 입을 열었다.

"오늘 강의 너무 감동적이었습니다. 전부터 작가님 팬이었는데, 말씀을 너무 잘하시는 것 같아요."

온몸이 녹아내리고 있었다. 달콤한 말이어서가 아니라 긴장했던 게 억울해서다. 남자는 웃고 있었다. 진작에 이렇게 좀 웃고 있지 그랬어요. 그날부터 얼굴을 잔뜩 찡그리고 앉은 사람을 보면 '아, 내 강의가 너무 감동적인가 보다'라고 생각하기로 했다. 얘기하기 전까지는 지레짐작하면 안 되는 거고, 짐작과는 다른 일이 세상에는 너무나 많다. 그러면 좋은 짐작만 하면 되는 거다.

좋은 짐작을 오랫동안 하면 마음에 근육이 붙는다. 세상을 한번 긍정적으로 보기 시작하면 나쁜 일이 생겨도 큰 상처를 받지 않게 된다. 내 강의에 실망한 사람의 이야기를 인터넷에서 보게 되어도, 내 책을 읽고 악평을 쏟아내는 댓글을 읽게 되어도, 그게 큰일이 아니라고 생각하게 된다. 더 나아지면 되니까, 잘못을 알고 좋게 만들면 되니까, 고칠 수 있는 일이니까.

5

봉태규 배우와 지금은 작고한 김주혁 배우가 주연을 맡았던 영화 〈광식이 동생 광태〉는 너무 다른 형제의 이야기다. 광식(김주혁)은 여자 앞에서 고백 한번 못 해보고 라이벌이 등장하면 평화를 위해 숨어버리는 '연애계의 평화 유지군'이다. 광태(봉태규)는 형과 딴판이다. 형보다 일곱 살 어리지만 만난 여자의 수는 수십 배 많다.

늘씬한 여성들이 가득한 마라톤 대회에 참가한 광태는 경재(김아중)의 몸매에 반해서 곧장 작업을 건다. 달리기를 하면서 계속 말을 건다.

광태 : 마라톤을 처음 해보거든요. 괜찮아요, 어렵지 않네요. 걱정하지 마세요. 심장이 타고났어요, 원래. 저기……, 우리 끝나고 차 한잔할까요? 저기, 승낙이면 지금 이대로 쭉 달리시고요. 거절이면 텀블링 세 번 하세요.

나는 이 장면을 볼 때마다 갑자기 김아중이 텀블링하는 모습을 상상한다. 말을 거는 남자가 너무 귀찮고 싫은 나머지 마라톤 도중에 텀블링 세 번을 하는 모습이란 얼마나 기괴하고 멋질까. 아마도 광태는 세상 잃은 표정으로 마라톤 대회장을 떠나갔을 것이다. 코미디 영화이긴 해도 김현석 감독은 그 정도로 오버하지 않는다.

광태의 화법에는 그의 성격이 그대로 드러나 있다. 우선, 거절하지 못할 제안을 한답시고 나름의 유머를 구사한 것이다. 듣는 사람 입장에서는 피식 웃게 된다. 성공률이 높아질 수 있다. 한편으로는 거절을 두려워하는 마음도 밑바닥에 깔려 있다. 최선을 다하여 멋진 말로 고백했다면 거절이 뼈아플 것이다. 고통을 최소화하기 위해서, 아파도 안 아픈 척하려고, 거절당해도 덜 민망하기 위해서 웃음으로 포장한 것이다. 허세 뒤에 자신을 꼭꼭 숨겨둔 것이다.

〈광식이 동생 광태〉가 개봉한 것은 2005년. 짧은 직장 생활을 그만두고 전업작가의 길로 들어섰을 때가 바로 그 해였다. 프리랜서가 된 나는 광태의 화법에 깊이 공감했다. 나도 그런 식으로 생각하고 있었다.

전업 작가의 길로 뛰어든 나 : 전업 작가를 처음 해보거든요.

괜찮네요, 버틸 만해요. 걱정 마세요. 글을 잘 쓰거든요. 일도 많이 들어오고 있고, 제가 좀 능력이 되니까요. 천천히 가는 거죠. 하하하, 제가 부탁하는 건 아니고요, 부담 가질 필요는 없고요, 재미난 일 있으면 연락 주세요. 재미난 걸 해야 신나게 일을 할 수 있더라고요. 돈이야 뭐……, 중요하지 않죠.

돈이 중요하지 않다는 건 새빨간 거짓말이었다. 그렇지만 나는 그렇게 믿고 싶었다. 돈보다 중요한 건 재미라고 믿고 싶었다. 그렇게 얘기하고 다녀야 내가 다치지 않을 수 있었다. 돈이 중요하다고 이야기하는 순간 글을 쓸 때의 나의 진심이 훼손되는 것 같았고, 돈 때문에 어떤 일을 한다는 게 무척 자존심 상할 것 같았다. 스스로에게 '돈보다는 재미'라는 문장을 세뇌시켰고, 그렇게 한동안 믿기도 했다. 길지 않았다. 애초에 '돈보다는 재미'라는 문장은 유효기간이 짧을 수밖에 없다.

6

어릴 때부터 장사할 머리는 안 된다고 생각했다. 셈이 빠르지 못했고, 세상을 넓게 보는 눈도 부족했다. 철이 들고 나서는 더욱 확실히 알았다. 가게에 앉아서 오지 않는 손님을 기다리는 일이 얼마나 힘든 노동인지, 나처럼 끈기 부족한 사람에게는 얼마나 고통스러운 기다림인지 알게 됐다.

잡지 기자로 일할 때 식당 취재를 가면 주인들은 언제나 '원가율'을 이야기했다. 음식값에서 재료가 차지하는 비율을 '원가율'이라고 부른다. 일반 음식점에서 원가율이 30퍼센트를 넘으면 안 된다는 이야기도 있었고, '우리 집은 원가율이 50퍼센트'라는 믿지 못할 이야기를 하는 주인도 있었고, 손님이 줄어서 재료를 버리는 일이 부지기수라 원가율이 오를 수밖에 없다는 주인도 있었다. 계산대에 앉아서 지나가는 사람들을 멍하니 보고 있는 식당 주인을 만날 때면 가슴이 아팠다. '지나가는 사람, 저 사람들이 내 손님이었어야 해'라고 속으로 노래를 부르는 것 같았다.

전업 작가가 되고 보니 식당 주인과 크게 다르지 않았다. 주문이 들어올 때까지는 할 수 있는 일이 거의 없었다. 2000년에 작가로 데뷔할 때만 해도 사람들이 줄 서서 먹는 맛집이 될 줄 알았는데, 첫 책을 낼 때까지는 주문이 거의 없는 식당이었다. 주문이 없다고 문을 닫을 수도 없으니 열심히 글을 썼고, 그 시기에 쓴 글을 바탕으로 좀 더 단단한 작가가 되었다고 생각한다. 예전에 공장을 운영하던 분의 말이 생각났다.

"공장 문을 열었는데 일도 없고 돈도 못 벌면 어떻게 되는지 아세요? 기술력이 일취월장합니다."

글을 쓰다 가끔 내 글의 원가율은 얼마나 될까 생각한다. 글을 쓸 때 필요한 재료비라고 해봤자 컴퓨터를 켤 수 있는 전기와 자료가 될 만한 책, 책에 줄을 그을 수 있는 연필 정도가 전부일 것이다. 식당에서는 준비해두었다가 버려지는 식재료를 '식품 로스'라고 부르는데 (일본에서 건너온 말이다) 작가에게는 이른바 '재료 로스'가 너무 많다. 글 하나를 쓰기 위해서 수십 권의 책을 보는데 그걸 다 써먹지 못할 때가 많다.

원고료를 계산하기가 그래서 더욱 힘들다. 시장가는 형성돼 있지만 턱없이 낮은 가격일 때가 많다. 도저히 이 가격으로는 글을 쓸 수 없다고 생각할 때가 많았는데 그래도 어쩔 수 없이 쓰게 된 것은 '언제 또 주문이 들어올지 몰라서'였다. 언제 다시 기회가 올지 모르니까, 일단은 쓰고 보자는 마음이었다. 돈은 중요했다. 원고료가 적으면 재미가 반감된다는 걸 그때 깨달았다.

7

이제는 거절을 제법 잘하게 됐다. 여전히 회사와 상의하고, 도움을 받고 있지만 가끔 개인적인 부탁을 거절해야 할 때도 능숙하게 해내고 있다. '거절하려면 텀블링 세 번 해주세요' 같은 난처한 부탁에도 당황하지 않고 거절할 수 있게 됐다. 텀블링을 하지 않고도 텀블링한 것 같은 효과를 낼 수 있게 됐다. 거절 잘하는 방법을 내 식대로 정리해보았다.

첫째, 능숙해졌다고 해도 거절은 여전히 어려운 일이다. 승낙은 늦게 해도 좋지만, 거절은 빠를수록 좋다.

둘째, 거절 의사를 솔직하고도 명확하게 밝힌다. 예를 들면 '돈이 적어서 할 수 없을 것 같습니다' '책정된 금액에 비해 제가 해야 할 일이 지나치게 많은 것 같습니다' '지금 하고 있는 일 때문에 시간이 없어서 하기 힘들겠습니다' 같은 구체적인 이유를 밝힌다.

영화 〈대부〉의 유명한 대사 "내가 그에게 거절하지 못할 제안을 하지"는 생각할수록 무시무시한 말이다. 상대가 거절하지 못한다는 것은 그의 약점을 알고 있거나 그를 궁지로 몰아넣는다는 것인데, 이런 방식은 좋지 않다. 상대가 거절할 수 있는 여지를 주어야 한다. 반대로 제안을 받을 때는 거절할 수 있는 여지가 있어야 조금이라도 긍정적으로 생각하게 된다. 투명하게 제안하고 투명하게 거절한다면 모든 게 명확해진다. 거절 의사를 듣고 흔쾌히 받아들이거나 거절의 이유를 듣고 계획을 수정하는 사람과는 다음 기회에 편안하게 일을 할 수 있다.

셋째, 돈 이야기 하는 걸 쑥스러워하지 않는다. 돈과 재미를 동시에 붙잡는 건 (거의) 불가능하지만, 돈과 재미는 서로의 약점을 보완해주는 친구 사이이다. 친구를 떼놓으려 하지 말고 늘 함께 다닐 수 있도록 해주자.

넷째, 나의 과거와 미래를 믿는다. 그동안 열심히 준비했으니 오늘 거절한 일 때문에 나의 미래가 흔들리지 않는다는 걸 믿는다. 프리랜서가 되어서 가장 힘든 것은 불규칙한 수입이다. 20년 넘게 프리랜서로 일하면서 얻은 가장 큰 깨달음은……, 어떻게 될지 모른다는 것이다. 어떻게 될지 모르는 것은 단점이기도 하고 장점이기도 하다. 어떻게 될지 모르니까 아무 일이나 할 수도 있지만, 어떻게 될지 모르니까 나의 능력과 체력을 아껴야 할 수도 있다.

다섯째, 나의 현재를 믿는다. 지금 무언가 하기로 선택했다면 잘한 일이다. 하지 않기로 선택했다면 잘한 일이다.

여섯째, 시간이 흐르면서 돈과 재미의 기울기가 조금씩 바뀌고 있다. 돈이 더 필요했던 때가 있었다면, 지금은 재미가 더 필요할 때다. 거절의 기준도 바뀌었다. 그래서 이런 문구를 붙여두었다. 리베카 솔닛의 책에서 본 문장이다.

"정말로 좋은 이유가 없다면 절대로 모험을 거절하지 말자."

구선아

작가 · 독립책방 '책방연희' 운영자

대기업 광고대행사를 다니다 10년 차 기념으로 퇴사했다. 퇴사 후, 독립책방 '책방연희'를 운영하며, 읽고 쓰는 삶을 산다. 『일상생활자의 작가 되는 법』과 『때론 대충 살고 가끔은 완벽하게 살아』 등 몇 권의 책을 썼고 몇 권의 책을 엮었으며 여러 매체에 글을 싣고 있다. 오래도록 읽고 쓰며 낭만적인 삶을 살고 싶다.

○ ○ ○ ○ ○ ○ ○ ○ ○ ● ○ ○ ○

돈은 내가 옳다고 선택한 삶을 살 수 있게 하고, 그 삶을 독립적으로 지속하게 한다. 더군다나 난 돈이 어느 정도의 불행은 막아주고 어느 정도의 행복은 만들어준다는 걸 안다. 나의 불행 중 8할은 돈이었고 2할은 사람이었다. 아니 그 반대였던가.

나에겐

낭만적인

돈벌이

이렇게 살아도 괜찮다

나는 많은 사람이 부러워하는 책방 운영자다. 책방을 운영하며 "저도 책방 운영이 꿈이에요"라는 말을 셀 수 없이 들었다. 거짓말 조금 보태어 내가 책방을 지키는 날엔 꼭 한 번은 듣는다. 이 글을 쓰는 오늘도 책방을 찾은 한 손님이 "책방 너무 예뻐요. 저도 언젠가 이런 책방을 하고 싶어요"라고 두 손 모아 말했다. 그리곤 책 한 권 사지 않고 사진 셔터만 여러 번 누르다 돌아갔다.

많은 사람이 책방 운영을 꿈꾼다. 유명 작가부터 독립출판 작가, 작가 지망생, 대학교수나 한 시절 문학 소녀소년이었던 사람들과 책을 좋아하지 않는 사람들까지. 그들은 내 생활이 부럽다고 말한다. 사람들이 보기에 책방 일은 퍽 낭만적으로 보이나 보다. 아니, 책을 읽는 사람도 책을 사는 사람도 매년 줄어든다는데. 대형서점과 온라인 서점과의 경쟁은 물론이거니와 유튜브, 넷플릭스, 웹툰, 웹소설과도 경쟁하느라 힘들다는 책방인데. 왜, 사람들은 책방 운영을 꿈꿀까. 정말 책방 운영을 바랄까. 진짜 원한다면 하지 않는 이유는 뭘까.

책방을 열기 전까지 나는 책방 운영을 꿈꿔 본 적이 없었다. 다만 나의 공간이라면 책이 많아야겠지, 생각하는 정도였다. 대기업 인하우스 광고대행사 10년 차 차장. 명함을 주고받을 땐 어깨에 뽕이 올라가던 때 퇴사했다. 나와 내 일에 관해 생각하다 내린 결정이었다. 사랑해요, 라며 웃는 얼굴이 인쇄된 명함이 뿌듯했지만, 어느 날 명함이 나를 세상에 증명하는 유일한 증거품이라는 생각이 들었다. 명함은 종잇조각 한 장일 뿐인데, 당장 내일이라도 명함이 사라진다면? 나의 존재는? 내가 한없이 작아지는 느낌이었다. 불쾌했고 불안했다. 돈을 적게 벌지도 모른다는 불안과는 또 다른 불안이었다. 그래서 나는 스스로 명함 없이 살기로 했다.

퇴사 후 남은 건 5천만 원이 조금 넘는 적지도 많지도 않은 퇴직금과 소지품이 담긴 상자 몇 개였다. 퇴직금으로 근사하게 책방을 창업하진 못했다. 책방 운영의 큰 포부나 목표, 계획 따위 없이 최소 비용으로 문을 열었다. 그 당시 난 도시사회학 박사과정을 시작했는데 이 또한 교수가 되거나 뭐가 되겠다는 생각도 없었다. 그냥 조금 더 읽고 쓰고 공부하고 싶은 게 생겼을 뿐이었다. 이후 책방을 운영하며 몇 권의 책을 쓰고, 몇 권의 책을 엮으며 작가라고도 불리기 시작했다.

난 살면서 무엇이든 하나에 올인하지 않는다. 일도 사랑도 투자도 그 무엇도 올인은 없다. 의도적이라기보단 천성인지 살면서 자연스럽게 체득한 방법인지는 모르겠다. 직장생활을 할 때도 그랬다. 출근 시간은 있어도 퇴근 시간은 없다는 무지막지한 광고대행사. 다행히도 일이 적성에 맞았다. 유명 배우와 감독들과 술을 먹는 일도 즐거웠다. 돈도 꽤 벌었다. 일단 돈을 쓸 시간이 없었고 매년 인센티브와 프로젝트 수주 성공 보수도 나왔다. 언제든 그만둬도 좋다는 마음으로 일하면서도 여성 최초의 임원을 상상하기도 했다. 그러나 그때도 시간의 틈이 생기면 그렇게나 난 딴짓을 했다. 회사 밖에서 다른 일을 찾았고 여행을 떠났고 모임을 했고 사람들을 만났다. 영어 공부도 하고 시나리오 작법 학원도 다니고 독서 모임도 했다. 명품 가방보단 나에게 월급을 썼다. 한 선배가 "넌 왜 그렇게 피곤하게 살아?"라고 물었고 또 한 선배는 "넌 하고 싶은 게 그렇게 많니?"라고 의아해했다. 그때마다 난 "그냥 재밌어요"라고 답했다.

그러다 책방을 열기로 했을 때 "책방은 돈이 안 되잖니"라는 말을 들었고, 글을 쓰기 시작했을 때 "돈이 되는 글을 써야지, 그런 글이 돈이 되겠어?"라는 얘길 들었다. 걱정인지 충고인지 폭언인지 모를 말들이었다. 그중 누군가는 진심으로 날 걱정했다고 믿지만 불편한 말들이었다. 아직도 그들은 종종 "책방 해서 얼마나 벌어?" "퇴사한 것 후회하지 않아?"라고 묻는다. 변하지 않은 건 그때도 지금도 난 하고 싶은 일을 하고 하기 싫은 일은 최대한 하지 않는다. 장 자크 루소가 『고독한 산책자의 몽상』에도 썼다. "인간의 자유란 원하는 것을 하는 게 아니라 원하지 않는 것을 하지 않는 데 있다"고. 물론 하고 싶은 일을 하기 위해 하기 싫은 일을 해야 하는 일은 여전히 있다.

어느 책에선가 인간의 나이를 24시간으로 환산한 것을 본 적이 있다. 나의 생애를 90세로 보고 일생을 하루에 비유하면 나는 이제 오전 11시 무렵이다. 오전 11시, 무슨 일이든 시작할 수 있는 시간. 누구를 만나도, 어디로 떠나도 좋은 시간. 아직 인생의 절정이 오지 않은 시간이다. 그렇기에 난 일에 있어서는 두려움이 없다. 해보고 싶은 건 한다. 하다가 망하거나 포기할지라도 일단 해본다. 이반 투르게네프가 말했다. 모든 조건이 완벽해지길 기다리면 아무것도 시작할 수 없다고.

그러나 돈을 헛되이 쓰거나 게을리 벌진 않는다. 많은 작가와 프리워커가 그렇듯 원고 청탁이나 강연, 업무 의뢰가 들어오면 보수를 제일 먼저 확인한다. 물론 "오, 이거 재밌겠는데?" 하거나 "와, 이 사람과 일해 보고 싶어!" 하는 일은 아주 적은 금액이나 무보수로도 한다. 이건 일이 아니다. 내 미래의 '일'에 관한 투자이자 누군가와의 '관계'를 위한 투자다. 기회는 생각보다 작은 만남에서부터 시작되므로. 가벼운 선택과 결심들이 모여 새로운 결과를 만들어내지 않던가. 책방 운영도 마찬가지다. 가벼운 결심으로 시작해 여기까지 왔다. 그렇다고 열심히 하지 않는다는 건 아니다. 책방이 내 전부인 양, 글쓰기가 내 인생의 전부인 양하지 않을 뿐.

삶의 가장 놀라운 측면은 하나의 사소한 결심이 새로운 질서를 만든다는 것이다. 삶은 흘러간다. 수많은 선택과 함께. 흐르고 흘러도 일시 정지하거나 되돌릴 수 없다. 그 선택이 때론 무언가를 스쳐 가게도 비껴가게도 부딪치게도 하고 기적을 만나게도 한다. 모두 다른 선택이고 모두 다른 인생이다. 인생은 이기고 지는 게임이 아니다. 목적지도 규칙도 없다. 너와 나의 다른 질서와 세계가 있을 뿐이다. 하지만 사회는 규칙을 만들고 그 뻔한 규칙 안에서 틀에 맞춰 살길 바란다. 나는 게임에서 탈출한 건지 던져 버린 건지는 모르겠다. 다만 이렇게 살아도 괜찮다는 것을 알았다면 지금보다 더 빨리 사표를 내던졌을 것이다.

내가 낭만적으로 일할 수 있는 속도로

책방을 운영하며 놀라웠던 건 "좋은 일 하시네요"라고 말하는 사람이 심심치 않게 등장한다는 것. 과연 책방 운영이 좋은 일일까. 물론 나는 전국 곳곳의 작은 책방이 누군가에게 새로운 기회를 만들어주고, 읽고 쓰는 일이 세상을 바꿀 수 있다고 믿는다. 하지만 먼저 책방은 개인의 사업장이고 영리 공간이고 수익을 추구해야 하는 곳이다.

또 하나 놀라운 점은 많은 사람이 아무렇지 않게 책방의 돈벌이를 묻는다. "하루에 책을 몇 권 파나요?" "책 팔아서 월세를 내나요?"와 같이 수익을 궁금해하고 "커피를 함께 팔면 더 돈을 벌지 않을까요?" "이렇게 작은 책방에서 직원을 왜 써요?" "휴무일은 왜 많은가요?" 한마디씩 보탠다. 사람들은 대부분 처음 보는 사람에게 "월급이 얼마예요?" "연봉이 얼마예요?" 묻지 않고 "이렇게 하면 돈을 더 벌 텐데"라고 조언하지 않는다. 서점은 예외인 것일까. 다행히도 난 지금 "A책방은 책을 무료로 배송해준다는데요?" "B서점은 온라인으로 많이 판대요" "C서점은 유명 작가가 매주 와요"라며 비교하는 무례한 말에도 흔들리지 않는 정도가 되었다. 내가 갖지 못한 것에 한눈팔려 오늘 내가 가진 것을 누리지 못하는 일만큼 어리석은 일은 없다는 걸 알아가고 있다.

공공연한 사실이지만 책방 운영과 글을 쓰는 일로 돈을 많이 벌긴 힘들다. 아니 안정적으로 벌긴 힘들다. 매일의 매출은 알 수 없고 코로나와 같은 바이러스는 곧 또 들이닥칠 것만 같다. 글 쓰는 일도 불안정하다. 어느 달은 강연과 강의, 원고 청탁 의뢰가 밀려 들어와 시간을 쪼개어 쓰지만, 또 어느 달은 아무도 날 찾지 않을 수 있다. 그러나 책방의 경우 어떤 규모로 어떤 시스템을 갖춰 운영하느냐에 따라 충분히 돈을 벌 수도 있다. 난 딱 내가 낭만적으로 일할 수 있는 정도에서 느리게 걸어갈 뿐이다.

나의 일을 구분하면 책방 일과 작가로서의 일이 있다. 여기선 기획자로서의 일은 빼두자. 요즘 공간운영자나 창작자 중 기획자 아닌 사람 없으니까. 나의 모든 일 중 어느 일이 더 많고 적고 혹은 무겁고 가볍고는 없다. 책방의 일은 책방에서 진행하는 프로그램을 기획하고 참여자를 모집하고 운영하는 일과 책을 고르고 판매하는 일이다. 하지만 이 일을 위해 수많은 작은 일이 포진해 있다.

보통 책방의 하루는 이렇다. 책방 운영시간에 맞춰 문을 열고 음악을 선곡해 플레이한 후 청소를 한다. 책 상자를 뜯고 책을 정리한 후 인스타그램에 글 하나를 쓰고 블로그에 새로운 책방 프로그램 소개 포스팅을 올린다. 최근 오픈한 홈페이지나 온라인 스토어 주문이 있는지 살피고 그 사이사이 손님을 맞이하고 책을 추천하고 응대하고 계산한다. 틈틈이 출판사 마케터와 독립출판 제작자와 연락을 주고받거나 회의를 진행한다. 책방에 수업이나 북토크가 있는 날이면 참가자 명단과 주문 도서, 필요한 서류를 챙기고, 수업이 원활히 진행되도록 강사를 돕는다. 연초와 연말에는 책방 지원사업 공고가 나면 제안서를 쓰고 기획하고 정산하는 일도 빠질 수 없는 책방의 일이다.

내가 가장 어려워하는 일은 세무적인 것들과 행정적인 것들이다. 물론 세무사의 도움을 받지만 직접 챙겨야 할 일이 꽤 많다. 세무 관리 비용을 줄이기 위해 매월 강사료와 책방 스태프 비용 원천세와 간이지급명세서는 직접 신고한다. 다행히 나는 책방 스태프가 있고 동료 작가들이 종종 책방의 일을 도와주고 있다. 누군가는 이렇게 작은 책방에 스태프가 있다며 놀라워한다. 이는 나의 시간을 더 확보하기 위한 결정이었다. 스태프가 없으면 나에게 주어지는 책방 수익은 커진다. 그러나 공간 운영이라는 건 육체적으로 공간에 묶여있어야 하다 보니 작가로서의 활동이나 개인으로서의 활동이 아쉬워진다. 또 1인 체제에서 오는 피로감과 외로움이 얼마나 크던가.

이에 비해 작가로서의 일은 꽤 간결하다. 청탁받은 원고를 쓰거나 책을 쓰고 강연과 강의, 북토크를 하는 일이다. 아, 최근엔 이메일 뉴스레터를 열심히 발행했고, 책을 소개하는 일에 더욱 재미를 느끼는 중이다. 하지만 계속 쓰기 위해 책을 읽고 문장을 수집하고 귀를 열고 감각을 깨워두는 일은 시간과 기회비용으로 측정하기 힘들다. 모든 글 쓰는 사람이 그렇듯 글을 쓴다는 건 삶과 연결된 일이니까. 다행히도 그 불분명한 경계가 불편하지 않다. 난 이제 글쓰기를 막 시작했고 쓰고 싶은 게 많고 계속 쓸 이야기가 탄생한다는 것이 지금의 나에겐 중요하다.

이쯤에서 여러분은 궁금할 것이다. 그래서 내가 얼마를 버냐고? 책방 운영을 통해 나에게 주어지는 수익은 크지 않다. 이미 쓴 것처럼 책방 운영은 책방이 가진 낭만에 비해 녹록지 않다. 팬데믹을 겪으며 도서 판매 매출이 준 것도 사실이다. 지금은 딱 서울 홍대에서 20평 공간을 운영하는 월세와 관리비, 스태프 1인과 함께하고 신간 책을 구매하는 정도다. 나에게 월급을 따로 지급하진 않는다. 매월 책방 수익으로 자영업자를 위한 노란우산 공제를 50만 원씩 붓고 있는 정도다. 일종의 책방 퇴직금이랄까. 내가 책방을 평생 할 거라고 생각하진 않는다. 하지만 책방 문을 닫는다면 엄청난 공허가 올 것 같다. 돈이 공허함을 메우진 못하겠지만 낯선 도시로의 여행이나 익숙한 도시에서의 휴식 정도는 가져다주지 않을까. 책방에선 내가 직접 운영하는 프로그램이나 워크숍에서 나온 수익이 곧 나의 수익이 된다. 다른 강사들처럼 책방 수수료를 제하고 나에게 입금한다. 책방은 딱 책방을 운영할 만큼 벌고 쓰고, 나는 먹고살고 여행하며 '낭만'적으로 살만큼 번다.

책방을 운영하는 건 결코 낭만적이기만 한 일은 아니다. 하지만 이조차 나에겐 '낭만'적인 일이다. 여기서 낭만은 여러분이 상상하는 낭만과는 다르다. 음악을 틀고 커피를 마시며 우아하게 책을 읽는 일은 없으니까. 나의 낭만은 나의 청춘이 하얘져도 글과 책을 통해 사람을 만나고 세계를 유영하고 사랑을 남기는 일이다. 내가 좋아하는 일, 하고 싶은 일로 돈도 버는 일이다. 누군가는 "낭만 같은 소리 하네"라고 말할지 모른다. 실제로 책방을 연 후 1년이 지나지 않았을 때 "비싼 취미생활 하시네요" "돈 많이 벌어두셨나 봐요" "남편이 돈을 많이 버나 봐요"라는 소릴 들었다. 하지만 낭만이 없다면 무엇 하러 이 고된 세상을 사는 것인가. 나는 나의 낭만, 즉, 나의 사람과 사랑과 일을 위해 산다.

물론 난 책방만 전업으로 운영하는 것이 아니기에 조심스럽다. 작가로서 기획자로서 얻는 계약금, 인세, 강연료, 강의료, 기획료가 나의 수익이다. 가끔 외부 프로젝트를 맡고 기업과 협업하기도 한다. 최근까지 꽤 큰 금액의 프로젝트를 연달아 진행했다. 수익도 꽤 났다. 쓰고 싶은 글이 아니라 써야만 하는 글을 쓰는 일은 신경 쓸 일이 한둘이 아니지만, 무언가 기획하고 결과물을 만드는 과정을 즐기기에 괜찮은 일들이었다. 과정을 즐기면 글쓰기도 일도 더 즐겁다. 이렇게 쓰고 보니 나의 일은 모두 읽고 쓰는 일이지만 모두 다른 일이다. 하루짜리 일과 한 주일의 일, 한 계절의 일, 노력도 체력도 수익도 다른 일이다. 하지만 지금의 나와 나의 오늘을 이뤄내는 징표이자 증거다.

돈은 구원이 아닌 수단

창작자들 사이에선 무형의 콘텐츠로 파이프라인을 만들어야 한다고 말한다. 많은 창작자가 유튜브를 하고, 콘텐츠를 만들고, 온라인 강연을 하고, 새로운 시도를 해나간다. 나 역시 그렇다. 내가 콘텐츠를 기획하고 글을 쓰고 무언가를 만들며 번 노동소득, 책방을 운영하며 벌어들이는 사업소득. 그리고 그 외에 부동산, 주식, 비트코인 등 투자로 버는 재산소득도 중요하다. 최근 거센 투자 열풍과 같이, 나 역시 부동산에 관심이 많고 투자도 한다. 어떤 소득도 가벼이 하거나 무시할 수 없다. 모든 돈벌이는 내가 하고 싶은 일을 하며 사랑하는 이들과 행복하게 살기 위함이다. 돈에 대한 해방감이 있어야 하고 싶은 일을 하며 나의 시간을 살 수 있다. 떠밀리는 삶이 아니라 내가 선택하고 책임지기 위한 삶 말이다.

앞서 이야기한 것처럼 나는 하나에 올인하지 않는다. 돈벌이도 마찬가지다. 돈은 내가 옳다고 선택한 삶을 살 수 있게 하고,

그 삶을 독립적으로 지속하게 한다. 유명 드라마의 대사처럼 사람의 마음만큼 돈 앞에 나약한 것도 없지 않던가. 더군다나 난 돈이 어느 정도의 불행은 막아주고 어느 정도의 행복은 만들어준다는 걸 안다. 나의 불행 중 8할은 돈이었고 2할은 사람이었다. 아니 그 반대였던가.

어린 시절 이사를 정말 많이 다녔다. 이사 다닌 횟수와 주소가 다 기억나지 않을 정도다. 매번 쫓기듯 이사를 하였고 친구들에겐 부잣집 아이 행세를 오랫동안 했다. 하루아침에 가난해진 건지 원래 가난한데 부자인 척하다 들통이 난 건지 모르겠다. 그땐 내가 돈을 벌거나 돈을 많이 벌어야겠다, 생각하기도 어릴 때였다. 드디어 내가 돈을 벌고 내 생활을 꾸리기 시작하면서 '내 삶은 내가 책임지겠다'는 마음이 커졌다. 하지만 나의 20대 역시 무척이나 가난했다. 돈을 꽤 벌었지만, 이런저런 이유로 새어 나갔다. 그땐 무작정 돈 걱정을 했던 게 아니라 현실에 닥친 돈 문제를 해결해야 했다. 그럴수록 난 돈을 벌기 위해 아니, 물질적 빈곤에서 벗어나기 위해, 경제적으로 독립하기 위해 열심히 공부했고 돈을 벌었다. 그리고 드디어 이십 대 중반 주거의 독립과 함께 정신적, 심리적인 것은 물론 경제적으로도 독립했다.

하지만 돈이 나를 구원할 순 없었다. 가난한 마음을 가졌을 땐 남에게 보여주기 위해 돈을 썼다. 옷을 사고 여행을 가고 비싼 음식점과 술집에 갔다. 결점투성이인 나를 근사하게 보이기 위해 치장했다. 그때 나를 불면과 불행으로 이끌었던 모든 일에서 나를 구원해 낸 건 돈이 아니었다. 나를 구원하는 건 사람과 사랑과 일이었다. 불안하던 시절, 돈을 벌어도 행복하지 않던 때, 약간의 빛이 찾아 들었다. 그 빛은 무언가를 써나가는 일이었다. 리베카 솔닛은 『멀고도 가까운』이라는 책에서 "글쓰기는 누구에게도 할 수 없는 말을 아무에게도 하지 않으면서 동시에 모두에게 하는 행위이다"라고 했다. 그 과정을 통해 내가 일종의 회복이 되어감을 느낀다. 점점 읽고 싶은 것도 쓰고 싶은 것도 많아지는 중이다.

글쓰기를 제대로 배운 적 없던 내가 쉽게 퇴사를 선택하고 새로운 일과 낯선 돈벌이를 시작할 수 있었던 건 나의 열등감과 결핍 때문이었다. 불안과 불면을 끌어안고 드러누운 밤, 눈을 뜨고 있어도 캄캄했던 그 밤, 엉엉 울며 무너졌다가 벌떡 일어나 다시 해내려 애썼다. 나는 내가 사랑하는 것이 있고 나를 사랑해주는 사람이 있다. 특히 난 읽고 쓰는 일을 하면서 이 일을 통해 나를 보여주고 일을 통해 보상받고 회복하고 싶었다. 일 자체가 나를 증명하고 표현하는 방법이라 생각하므로. 그래서 인생의 수많은 불편과 불행과 불쾌와 불안을 견딜 수 있었다. 난 삶이 일이 되고 일이 삶이 된, 지금의 삶을 사랑한다. 나에게 일은 삶 안으로 들어와야 하는 것이지, 밖으로 나가거나 분리할 수 있는 일이 아니었다.

내가 책방 운영을 평생 할 수 있다거나 할 거로 생각하지 않는다. 읽고 쓰는 일은 어떤 형태로든 평생의 일이 되겠지만 책방은 욕심을 내면 안 된다. 책방은 책방 운영자와 책방이라는 공간보다 작가, 독자, 손님이 만드는 게 더 크니까. 난 세상이 커다래지는 일을 바라지 않는다. 물론 그만한 능력과 재능도 없다. 다만 내가 책방을 운영하는 동안 이 책방을 통해 되도록 많은 사람이 가벼운 선택과 결심을 하길 바란다. 글과 책으로 내 가슴이 웅장해지고 내가 낭만적인 오늘을 살아내는 것처럼 누군가도 그런 하루를 맞이하기를.

오늘도 난 내 힘을 다해 살아내고 있다. 나의 낭만을 위해.

허
태
우

에디터·디렉터·발행인

지속 가능한 여행 큐레이션 플랫폼 〈피치바이피치〉(www.pbp.co.kr) 대표. 편집장으로 107권의 『론리플래닛 매거진 코리아』를 만들었고, 에디터로 그 만큼의 각종 여행 관련 매거진을 만들었다. 여행 스타트업을 운영하면서도 『피치 바이 매거진』을 만들고 있다.

○ ○ ○ ○ ○ ○ ○ ○ ○ ○ ● ○ ○

비즈니스는 최저 비용으로 최대 효과를 내는 것이 아니라 합리적 비용으로 최대 효과를 내는 것이다. 우리는 지속 가능성을 위해 매입을 계속 했고, 그 결과 지속 가능한 매출을 만들어 낼 수 있었다. 돈만 찾아 딴눈을 팔았다면 그러지 못했을 것이다. 꼼수로 한두 번의 전투는 이길 수 있지만 전쟁은 이길 수 없다.

일희일비,

잡지라는 '희'와

비즈니스라는 '비' 사이에서

일희일비, 하지 마라. 회사에서 뛰쳐나와 독립했을 때 가장 자주 들었던 말이다. 돈을 벌든 못 벌든, 일희일비하지 마라. 십 수년간의 직장 생활을 통해 이 말이 어떤 의미인지 짐작할 수 있었던 나는 다짐하고 또 다짐했다. 사무실을 열면 일희일비하지 말자고.

一喜一悲 : 기쁨과 슬픔이 번갈아 일어남. 한편으로는 기쁘고

한편으로는 슬픔.

안되면 접지 뭐

결론적으로 기우였다. 2020년 1월, 처음 사업자등록증을 받은 순간부터 일희일비는 요원했으니 말이다. 사업이란 놈은 희한했다. 일희보다 일비가 월등히 많았다. 누가 마술이라도 부린 듯 매출은 더디게 늘어났고 매입은 재빠르게 불어난다. 매입으로 나가야 할 돈은 4배속으로 나가고, 매출로 들어와야 할 돈은 슬로우 모션으로 들어온다. 이유는 도무지 알 수 없지만 대부분 그렇다. 또한 매출은 일희고 매입은 일비인데, 그 둘 사이의 관계는 항상 원활하지 않다. 매우 대등한 듯하나 '네가 죽어야 내가 사는' 매우 적대적 관계다.

사업을 시작하고 초반 서너 달은 그럭저럭 삼 분의 일(1/3)희나 오 분의 일(1/5)희를 경험하기도 했지만, 시간이 지날수록 십 분의 일(1/10)희를 마주치는 일도 드물었다. 10개월쯤 지나자 자연스레 일비, 일비, 일비의 나날이 계속됐다. 당월 적자를 몇 번 치렀더니 분기 적자에도 익숙해졌고, 되려 세금을 돌려받는 경우도 생겼다. 나만 그런 일희일비의 불균형 속에서 허우적거리는 건 아니었다. 듣지도 보지도 못했던 역병이 넷플릭스 시리즈처럼 전 세계를 강타하고 있었으니 말이다. 그 와중에 야심 차게 지속 가능한 여행에 초점을 맞춘 스타트업을 시작했으니 말 다 했지. 주변을 둘러보면 몇몇 아는 사람들은 이미 업계를 떠났고 모르는 사람들은 이 업계로 들어올 엄두를 내지 못했다. 분명히 다음 주에 미팅을 잡았는데 연락이 되지 않는 경우도 더러 있었다. 버티다 버티다 어쩔 수 없어 떠나는 사람들은 낮술을 마시면서 비슷한 레파토리를 푸념하듯 내뱉었다. 그들은 낭창한 음율이나 선율 없이 무미건조하게 말했다. '그만 접어야겠다.'

"안 되면 접지 뭐." 나를 포함한 네 명이 의기투합해서 법인을 설립하며 품었던 생각이다. 일희일비하지 말자. 하다가 정 안 되면 접자. 그래서 시작할 때 러닝 코스트running cost는 용감하게 6개월로 잡았다. 이는 6개월간 하루도 빠짐없이 일비만 반복될 경우 회사의 돈이 바닥나서 일을 접어야 한다는 뜻이다. 그럴 사태는 발생하지 않아야 하겠지만, 어떻게 될지는 아무도 모르는 법. 열심히 짜 맞춘 연간 손익 계획표대로 일희와 일비가 1대2 정도 비율로 이어지면 1년은 그럭저럭 버틸 만했다. 1대1 정도로 풀리면 더욱 좋고. 이럴 경우 "안 되면 접지"는 1년 유예다. 다시 연간 손익계획표를 짜고 2년 차에 돌입하는 것이다. 이런 식으로 잘 하면

2년도 그럭저럭 버틸 수 있어 보였다. 일희일비하지 말고 3년을 버티면 그 이후에는 더 잘 풀릴 것만 같았다. 그러다 보면 우리의 '지속 가능한 여행 버티컬 플랫폼'으로 여행 시장을 기분 좋게 흔들어버릴 수 있을 것만 같았다. 업계 용어를 버무려 말하면, 마켓 핏에 맞는 상품으로 니치 마켓을 디커플링 해서 서스테이너블한 키 플레이어로 포지셔닝하기. 순수하게 말하면, 사람들이 좋은 여행을 경험하고 그 여행을 통해 지역사회에 기여하고 환경을 보호할 수 있는 문화를 이끌기.

일비, 일비, 일비의 나날들

"설마 6개월 만에 회사를 접는 일이 생기겠어?"라는 의구심은 잠시. 시간은 친절하고 끈질기게 그 질문에 대답해주려고 했다. 피하고 싶어도 피할 수 없었다. 제작비, 판관비, 영업 외 지출 등등으로 하루도 빠짐없이 차곡차곡 돈이 나가고 한 달, 두 달, 석 달이 쏜살같이 지나가고 어느새 회사 통장의 숫자가 점점 쪼그라들었다. 마치 중력의 법칙처럼 억 단위 잔고가 백만 단위 잔고로 떨어지기도 했다. 팬데믹 탓이라기보다 내가 부족한 탓이겠지. 애석하게도 이때쯤 되면 창업자들의 비현실적인 무용담이 현실로 다가오게 마련이다. "가족 카드로 돌려막았다." "집을 담보로 대출받았다." "월급을 받지 않고 사무실에서 먹고 잤다." "장기를 걸고 돈을 빌렸다." 이런 무용담 중에서 과연 나는 어떤 선례를 따라야 할까.

스스로 해결하는 수밖에 없었다. 여행 업계에서 돈을 버는 게 쉽지 않은 상황이라 할 수 있는 일에만 최대한 집중하기로 마음먹었다. 열심히 여기저기 뛰어다니며 투자를 받아 내기에는 사업 아이템도 덜 무르익은 상황이었다. 닥치는 대로 MVP(Minimum Value Product)를 출시해 돈을 벌 수 있는지 테스트해보는 게 우선이었다. 물론 MVP를 만들어내는 일에도 자금이 필요하다. 꾸준한 매입으로 일비, 일비, 일비를 겪으며 해보는 수밖에. 하여 연봉을 10%, 20%, 30%, 40%, 50%…… (아 더는 말 못 하겠다) 깎으면서 사무실을 유지했다. 웹사이트에 조금씩 서비스를 붙여 나아갔다. 그래도 부족하다 싶으면 개인 돈을 추가로 회사 통장에 넣었다. 이를 회계상으로 가수금이라고 하는데, 스타트업에게 가수금은 응당 있어야 할 존재다. 아무런 조건 없이 돈을 꺼내 갈 수 있는 무담보 저금통이기도 하다.

기다리다 보면 깨닫는다. 비즈니스는 매우 정직하다는 것을. 꼼수로 한두 번의 전투에서 이겨도 사업이라는 전쟁에서는 통하지 않는다는 것을. 이 전쟁의 승부는 회계 엑셀 파일의 숫자로 정직하고 깔끔하게 판가름 난다. 한 달이 아니라 연 단위의 승부다. 수많은 전투에서 반복된 일희일비가 태산처럼 쌓이면서 전쟁이 계속된다. 나는 창업 전 여행 잡지 에디터와 편집장을 거치며 15년 가까이 그런 전쟁을 겪었다고 생각했다. 아니, 그렇게 믿고 싶었다.

콘텐츠 업계에서 독자 수와 조회수는 돈으로 에누리 없이 환산된다. 나는 월급쟁이로 여행 잡지의 편집장이 되고 난 후 이를 깨달았다. 레이트 카드rate card, 즉 광고 단가표를 정리하면서 말이다. 단가표는 순수하고 정직하다. 글이나 사진이나 영상의 수준과 관계없이 광고의 위치와 사이즈 혹은 영상의 길이에 맞춰 딱딱 가격을 매긴다. 소더비 경매장에서 최고가를 기록한 거장이 만든 광고와 초등학교 3학년이 방과 후에 졸다가 만든 광고의 단가는 같다. 도달 수나 조회수의 개런티에 따라 가격은 조금 더 올라가거나 내려갈 뿐이다. 페이지당 100만 원짜리 잡지에 8페이지로 여행 기사를 기고하면, 의뢰자는 대략 800만 원의 가치를 지닌 여행 서비스를 여행 잡지에 제공한 것이다. 겉으로는 드러내어 공표하지 않겠지만 속사정은 그렇다. 의뢰받은 여행 잡지의 에디터는 800만 원 가치를 보상하려는 잡지를 위해 하루 5시간

씩만 자고 취재하며 글을 쓴다. 그다음 여행은 1,200만 원짜리, 그다음 여행은 300만 원짜리. 그렇게 단가에 맞춰 잡지는 에디터라는 전투병을 따박따박 소진해 페이지를 완성하고야 만다. (그래서 이제는 아무 여행 잡지나 딱 펼쳐보면, 대략 얼마만큼의 돈과 전투병 소진해서 얼마나 벌었을지 대충 짐작할 수 있다.) 100여 회 넘게 이런 악다구니를 거쳤으므로 나름 준비는 됐다고 자부했다.

무엇을 기대했을까. 현실은 달랐다. 그전까지 나는 전투에만 드나들었던 것인데, 워낙 고되고 대찼기에 전쟁이라고 착각했던 것이다. 전쟁에서는 무엇보다 예측해야 할 돈의 흐름이 달랐다. 일단 월급쟁이의 시점에서 월급의 양이 1이라면, 사장의 시점에선 그 월급의 양은 1.5다. 급여에는 4대보험료, 국세와 지방세, 퇴직금이 따라붙고, 소모품비가 추가되며 감가상각비가 계상된다. 통장에 잠시 머물다 떠나는 부가세 10퍼센트는 애초에 잊어버려야 할 돈이었다. 이게 다 매입이고 지출이다. 매월 야금야금 나가는 각종 지급 수수료의 항목은 무척이나 다채로웠고 그 무한한 깊이를 쉽게 알 수 없었다. 각각 항목에 기막히게 적절한 용어를 매치한 회계 담당자들에게 고개가 숙여졌다.

매입만 쌓여가도 여행 잡지를 꼬박꼬박 분기별로 발행했다. "요즘 누가 잡지를 읽어?"라는 소리를 지겹도록 들었지만, 내가 아는 한 잡지는 최소한의 비용으로 최대한의 브랜딩 효과를 낼 수 있는 수단이다. 영상이나 인플루언서를 활용한 브랜딩보다 고효율이다. (자세한 방법은 영업비밀이니 여기에서 밝히기는 어렵다). 이미 100권 넘게 여행 잡지를 만들어본 덕분에 노하우는 충분했다. 그것은 바로 한정된 돈을 배분하는 노하우다. 잡지 제작에 들어가는 교통비, 외주비, 디자인비, 가제본비, 출력비, 용지비, 인쇄비, 배본비, 우편발송비, 광고홍보비, 서버호스팅비, 개발비 등 각종 비용을 적절히 통제하기 위해 계산기를 두드리고 머리를 굴렸다. 책 사이즈가 1밀리미터만 커져도, 종이가 10그램만 무거워져도 제작비와 유통비는 널뛴다. 사진 1컷과 글자 200자가 더 들어가도 마찬가지다. 지속 가능성과 친환경을 고려하면 비용은 더 들어간다. FSC(Forest Stewardship Council) 인증을 받은 종이를 사용해서 FSC 인증 인쇄소에서 인쇄하면 평균 15~20퍼센트 정도 비싸다. 그래도 기업의 신념을 따르고 브랜딩의 일관성을 위해 이를 포기하지 않았다. '최저 비용으로 최대 효과를 낸다'는 것은 거짓말이다. 합리적 비용으로 최대 효과를 내는 게 좋은 해결책이다.

비물질적 일희와 물질적 일비의 균형

"여행을 통해 타인과 세상을 이해하고 지속 가능한 삶에 기여합니다."

우리 브랜드의 목표였다. 이를 좇기 위해 낮에는 취재를 하고 잡지를 만들고 웹사이트에 콘텐츠를 올리고 SNS를 돌렸다. 밤에는 주기적으로 매체 소개서와 사업계획서를 업데이트했고 매입을 정리하며 생각을 가다듬었다. 일희의 날을 기다리면서 말이다.

아무튼 내가 만드는 잡지는 단가표에 의거해 조금씩 매출액을 찍으며 꼬박꼬박 나왔다. 호를 거듭할수록 적자가 커졌지만 크게 흔들리지는 않았다. 여행 플랫폼 사이트를 구축하고 운영하려고 태워버린 돈이 훨씬 더 많았으니 거기에 가려진 측면도 있었다. 하여, 한동안 잡지는 나에게 유일한 '희'의 대상이었다. 변변하지 못한 매출 세금계산서를 발행하는 것보다, 잡지를 펴낼 때 느끼는 '희'의 질량이 컸기 때문이다. 이내 잡지 발행은 일희가 됐고, 매입은 그대로 일비로 자리 잡았다. 비물질적 일희와 물질적 일비의 균형이 맞아 들어갔다. 일희일비. 그렇게 하지 말자고 다짐했지만 마음 속에선 이렇게라도 일희일비를 하고 싶었다. 1년 만이라도, 2년 만이라도, 3년 만이라도.

정말 운 좋게도, 시간이 흐르면서 전황이 긍정적으로 변해갔다. 자본금 5,000만 원짜리 회사가 2년 차부터 매출이 매입을 앞지르기 시작했다. 일희의 날이 조금씩 늘어난 것이다. 심지어 3년 차에 들어서서는 정부 지원금도 받고 직원도 늘렸다. 그 와중에 의뢰 들어오는 일은 마다하지 않고 덥석덥석 받았다. 이것도 다행인 게, 고집스럽게 브랜드를 철학을 지켜온 덕분에 결이 맞는 프로젝트를 여러 개를 진행할 수 있었다. 지속 가능성을 위해 좀 더 매입했더니, 지속 가능성으로 매출이 생긴 격이다. 돈만 찾아 딴눈을 팔았으면 못 할 일이었다. 한편, 고민하는 만큼 행동해야 할 업무량도 늘어났다. 솔직히 분기 이익이 발생하고 몇 달은 일희일비 했지만, 그것도 한두 번 정도에 그친다. 1년 정도 지나면 일희일비 따위에 무감각해진다. 비즈니스와 서비스를 넓히고 조직을 어떻게 굴려야 할지 신경 쓰느라 심신이 뒤죽박죽되고, 이제 겨우 돈이 왔다 갔다 하는 전쟁에 한발 들여놓았다는 걸 깨닫는다.

그렇게 그렇게 잡지는 계속 나오고 웹사이트는 계속 돌아가고 있다. 처음 기획했던 것처럼, 콘텐츠가 다양한 상품으로 발전하고, 그 상품이 좋은 삶의 밑거름이 되는 플랫폼이 되려면 갈 길이 멀지만. 여하튼 회사는 계속 돌아간다. 가끔 매출이 나오면 기뻐고, 때때로 조회수가 상승하면 즐겁지만, 그 반대의 경우가 반복되어도 슬퍼하는 일 또한 줄었다. 일희일비에 농락당하지 않을 정도로 내력이 생기고 여유도 생긴 것이겠지. 사업이 계속 돌아가고 있으면 다음 전투가 다가오고, 기회도 다가올 테니 말이다.

조만간 4년 차에 접어들면, 내 앞에는 또 다른 세계가 기다린다. 스타트업 업계에는 이상한 4단계 구분이 있다. 창업 전, 창업 후 3년, 창업 후 7년 그리고 그 후. 누가 이 구분법을 주장하고 적용했는지는 모르겠지만 아무리 생각해도 괴팍하다. 4년 차 스타트업은 초기 창업의 다음 단계로 넘어간다는 게 정설로 받아들여지는데, 이 상황에서 4년 차의 스타트업은 7년 차의 스타트업과 같은 선상에서 정부와 기업의 지원을 받으려 경쟁하게 된다. 기본적으로 그 둘의 맷집이 비슷할 리가 없는데도 시장에서는 뭉뚱그려 분리한다. 이외에도 걸림돌이 한 두개가 아니다. 우선 시장에서 지속 가능한 여행은 아직 매출을 올리는 카테고리가 아니다. 그래서 자본의 관심이 덜하다. (물론 이게 기회일 수는 있다.) 또한 외부에선 우리를 콘텐츠 비즈니스인지 이커머스 비즈니스인지 구분하려고 한다. 두 가지를 결합하려고 발버둥치는데 말이다. 그 덕택에 전투는 좀 더 치열해질 게 뻔하다. 극적인 '희'와 극적인 '비'도 생길 것이고.

그래도 일희일비하지는 말자. 아니, 헷갈린다. 일희일비를 하자는 건지 말자는 건지. 돈을 벌자는 건지 말자는 건지. 차라리 이렇게 말하련다. 돈에 관한 한 일희일비하지 말자고.

박찬일

요리사 · 음식 칼럼니스트

서울에서 났다. 이탈리아 요리를 전공했으며, 국밥에도 적당히 미쳐 있다. 이탈리아 요리는 하면 할수록 알 수 없고, 한식은 점점 더 무섭다. 『노포의 장사법』 같은 책을 내면서 한국의 노포 식당 붐을 주도했다. 제일 좋아하는 술안주는 그냥 김치 한 보시기, 면 넣지 않은 간짜장 소스와 잘 지진 군만두다.

○ ○ ○ ○ ○ ○ ○ ○ ○ ○ ○ ● ○

돈은 번 사람에게 즐거울 것이다. 그러나 돈은 스스로 만족할 정도로 버는 사람은 훨씬 적게 마련이다. 그것이 여러 의미에서 자본주의다.

돈은 지독한 사람에게 간다

기자에서 요리사로

어쩌다 보니 식당 동네에서 오래 살았다. 타이밍도 희한해서 식당이 대접받기 시작하는 시기에 요리사가 되었고, 그렇게 시간을 보냈다. 돈 버는 사람도 많이 보았다. 망하는 이도 숱했다. 그 시간들, 그러니까 대략 1999년쯤 시작해서 지금까지 밥 팔아서 먹고살면서 그 동네를 중심으로 내 경제생활의 전모가 있다. 규칙도 원칙도 없어 보이는, 마치 권법의 도의도 체면도 없이 오직 이기는 게 목적인 이종 격투기의 대혼종 시대를 살아왔다는 뜻이다.

다 같이 잘해보자고. 이런 말이 어디 있나. 저놈이 죽으면 내가 산다. 나는 실물경제가 굴러가는 어떤 방식을 지금도 이해할 수 없다. 저 가게가 죽으면 이 가게가 살더라, 그런 꼴만 보아왔다. 돈 놓고 벌이는 숱한 지랄들을 목격하면서 나는 결국 저 짓을 못 하겠구나, 그런 체념의 시간을 보냈다. 그렇다. 그게 게으른 자, 소심한 자의 변명이라고 해도 좋다. 하지만 어떤 사람은 할 수 있는 게 있고, 못하는 게 있다. 1. 개똥밭에 굴러서 돈을 버는 사람이 있는가 하면 2. 개똥밭에 굴러서 똥만 묻히는 사람도 3. 그것조차도 못하고 괴로워하는 사람이 있다. 나로 말하자면 어떤 부류일까, 아니면 부류였을까. 잘 모르겠다. 1번을 해야 했으나 엉거주춤 못하다가 2번을 아주 조금 해보다가 낭패를 보고 3번으로 살아온 사람이 아니었나 싶다. 1번을 해야 했다는 말은, 대부분이 그렇겠지만 덜 배우고 가진 것 없는 자의 보편적인 삶의 경제 행위에 해당하는 것이다.

자, 내가 본 돈 버는 사람들의 이야기다. 내가 돈 못 번 이야기도 물론 하고자 한다. 그래서 독자들이 회중전등 삼기를 바란다.

아, 앞서 그 얘기부터 해야겠다. 여전히 나는 주변에서 내게 돈을 빌려달라고 하며, 술을 한잔하면 내가 내는 게 당연하다는 걸 느끼고 산다(이 말이 좀 구차해 보이지만 솔직한 심정으로 적어본다). 다행스럽기도 하고, 어떤 때는 당황스럽다. 다시 말해 내가 돈 좀 벌었겠거니, 적어도 어디 작은 빌딩이나 그것도 아니면 야산 한 자락이라도 부동산이 있을 거라고 믿는 것 같다. 텔레비전에도 나오고 잡지나 신문을 펼치면 내 글이 나오니까, 이름난 사람이니 무슨 요량인들 없겠어, 하는 시선을 받는다는 걸 알고 있다. 하나 내 재정 상태를 공개해봐야 허망하고, 악착스레 살지도 못했으며, 돈 버는 방법에 대해 일러줄 능력도 못 된다. 앞서, 개똥밭에 굴러야 하는데 제대로 굴러보지 않은 까닭이다.

다만 나의 선택이 그나마 나를 살렸다고 생각한다. 꽤 이걸로 '터닝 포인트'니 '리셋'이니 하여 한때 인생 2모작 같은 게 화제가 되던 시기에 나는 좋은 재료였다. 기꺼이 인터뷰하고, 내 결정을 설명하곤 했다. 그 선택이란 자영업 내지는 기술자의 길로 일찌감치 진로 변경을 했다는 거다.

서른 무렵, 나는 전 직업(잡지 기자)으로는 내가 생계를 잇지 못할 거라고 예감했다. 무능했으며, 불성실했고, 무엇보다 조직 생활에 자신이 없었다. 턱도 없이, 부당한 일에 눈감는 세상에 잘 적

응할 수도 없었다. 그렇다고 비겁하고 부당한 일을 하지 않은 것도 아니지만. 직업인 중에서 적성 척척 맞아서 영위하는 사람이 몇이나 되겠나. 그래도 다들 꾸역꾸역 아침 전철에 오른다는 걸 안다. 먼저 내가 기자직을 때려치운 결정의 배경을 설명해보고자 한다. "아니, 지갑을 까 보이라니까 웬 흰소리냐"고 하실지 모르겠다. 그래도 이 배경을 알아야 지갑을 까도 이해가 되실 것 같아서다.

나는 기자 일을 하기 전에 몇 가지 오판을 했다. 기자는 글을 제법 쓰면 되는 줄 알았다. 천만의 말씀이다. 일을 해보니, 기자는 맞춤법을 몰라도 할 수 있다. 휴머니스트를 '휴먼리스트'라고 한다거나, '어의가 없어' 또는 '일해라 절해라'라고 해도 문제가 별로 없다고 생각한다. 기사 석 줄을 못 메워도 된다. 특종을 따내면 되기 때문이다. 김훈이나 이런 양반들 같은 명필의 기자도 매체에는 필요하지만 기본적으로 매체란 건 특종과 단독을 겨루는 일이다. 말하자면 삼성전자의 철학을 설명하는 것보다 삼성전자가 무슨 몇 비트니 하는 앞선 방식의 기술을 선점하거나, 현대자동차가 최신형 엔진을 개발했다거나 하는 단독 특종이 더 인기 있다. 물론, 아무개 기업 총수가 혼외자식이 있다는 기사도 좋다. 대중들이 원하니까 언론은 공급하게 되어 있다. 매체는 다 주식회사이고 돈벌이가 목적이다. 기자들이 보통 '오늘 신문사(방송사)에 들어가야 해'라고 하지 '회사 들어간다'고 안 한다. 이게 난 좀 이상하다고 생각한다. 하여튼 언론도 다 회사다. 아파트 짓는 회사와 결정적인 구조는 비슷하다는 거다. 돈벌이가 목적이고, 그것은 자본주의 구조에서 결코 비난할 수 없는 '선한' 활동이다.

어쨌든 돈은 특종이 벌어다 준다. 요즘 같은 변화된 시대에는 매체의 수입구조가 어떻게 바뀌었는지는 몰라도, 종이에 새겨 팔던 시기에는 적어도 확실히 그랬다. 그러니 남이 안 만나주는 사람들 붙들어서 인터뷰하고(지금 당장 대통령을 단독으로 180분쯤 인터뷰해보라, 그 기자의 몸값이 얼마나 뛸지), 숨겨진 비리를 폭로하는 기사를 쓴다면 그게 '좋은' 기자다. 육하원칙이고 나발이고 남 못하는 일을 따오면 된다. 육하원칙은 데스크에서 맞춰준다. 그것도 웃으면서 자발적으로 해준다. 어이, 김 기자, 기사는 대충 문자로 불러. 내가 다 써줄게. 이럴 거다. 과거의 언론은 문사와 명필의 몫이었다. 염상섭이니 김동인이 하는 양반들이 다 기자였다. 당대의 김훈이나 장강명이니 하는 작가들도 그랬던 것처럼. 그러나 시대가 바뀌었다. 신문에 명문장의 기사는 별로 비중이 없다. 사라져버린 1,000억 원대 금융사기 사건의 배후를 인터뷰해야 한다. 그러니 이제라도 그걸 못하겠다는 기자는 때려치우고 다른 걸 해라. 카페나 요리사는 말고. 자리가 없다. 지금 다 같이 망할 판이다.

기자의 수명은 짧다. 나는 일찍이 직업을 바꾸었다. 길게 일할 수 있는 일이다. 요리사는 원칙적으로 평생 밥을 벌 수 있다. 나이 팔십에도 피고용자가 될 수 있다. 내 친구들이 오늘은 북한산, 내일은 관악산 루트를 알아볼 때 나는 나가서 일할 수 있다. 가늘고 길게 먹는 데는 요리사가 최고다. 요리사는 일당직도 많다. 일식, 중식, 한식, 양식, 뷔페식 등 보유한 주특기별로 매일 일당 일이 있다. 다만 그게 오래 지탱할 수 있는 일인가 하는 건 다른 문제다. 왜 나이 칠십, 팔십 된 할아버지 요리사가 거의 찾아볼 수 없는지 젊을 때는 잘 몰랐다. 나이가 쉰 몇 살 무렵이 되니 알게 되었다. 어깨가 안 올라가니 오십견이고, 도마에 올려놓은 채소가 오이인지 호박인지 헷갈리니 노안이며, 점심시간도 안 되었는데 허리는 마감 시간 무렵이니 퇴행성 디스크다. 몸이 못 당해내는 거다. 그러니 그들도 은퇴한다. 나는 은퇴 못 한다. 돈 번 게 없고, 아직 밥집 동네에서 해야 할 일이 있기 때문이다.

벤틀리 아줌마의 지독

앞서 예고한 돈 버는 사람들에 대한 목격담이랄까, 내가 겪은 시간들을 알려드리겠다. 모 수산시장에 '벤틀리 아줌마'라고 있었다. 차가 엄청난 고급이라는 말이 있는 아줌마였다. 생선 만지다가 트렁크에 빨간 장화 벗어 넣고 벤틀리 타고 귀가한다고 소문이 있는 분이었다. 이 양반은 도소매를 다 뛰는데, 밤 10시 무렵부터 벌어지는 도매 공급(큰 식당, 업자들에게 생선을 파는 일)에도 발군이고, 아침에 나가서 소매(작은 식당, 개인) 장을 보면 그때도 있다. 밤새워 일하는 것이다. 필파워 800짜리 오리털 파카를 껴입고, 토시 차고 털 넣은 싸구려 빨간 장화 신고 한겨울의 수산시장 - 물고기 파는 시장은 이상하게 지붕만 가려진 노천이다. 추워 죽는다 - 을 버텨내는 것이다.

그 아주머니는 기술이 아주 좋았는데, 나 같은 호구들이 가면 어제 재고를 쏙 팔아치웠다. 생선이 가득 찬 스티로폼 상자를 산같이 쌓아두고 파는데, 밑장빼기가 아주 기막혔다. 내가 가면 아래 서너 칸쯤 밑에 놈을 쓱 빼면서 이랬다. "이게 젤 좋은 놈인데, 사장님(나)한테만 주는 거야." 하루 이틀 묵은 놈이란 걸 알면서도 나는 그걸 덥석 받아 드는 것이다. 모든 장사꾼이 다 좋은 물건을 쥐고 있지 못하다. 신선식품이라면, 물이 더 나빠지기 전에 좋은 가격에 처분하면 얼마나 좋은 일인가. 내가 딱 그런 대상이었다. 호구! 나는 나의 한심한 능력에 저주를 퍼부으면서 그 생선을 손질해서 직원들 매운탕을 끓였다.

그러다가도 어떤 때는 아주 기막힌 물의 생선을 준다. 물에 다시 넣으면 금세 헤엄을 칠 것 같은 붉은 아가미와 초롱초롱한 눈을 가진 생선을 주는 것이다. 알고 보면 그날은 그런 생선이 시장 안에 만 마리쯤 깔린 날이다. 나만 얻은 특별 행운이 아닌 것이다. 좋게 말해 재고 처리 능력에서 발군인 양반, 나쁘게 말하면 구매자를 적절히 뺑뺑이 돌려서 물건을 쓱 팔아치우는 악덕 상인이다.

그 아줌마가 진짜 벤틀리를 몰았는지는 모르겠다. 시장에서 그저 하는 소리일 것이다. 하지만 적어도 그이는 돈 좀 벌었을 것이다. 그 악착스러움, 찔러도 피 한 방울 안 나올 것 같은 태도가 돈을 만들어줬을까. 한번은 물 나쁜 생선을 바꾸러 갔다가 깊은 자존심의 상처를 받았다. "아이구 사장님, 가져가실 때 생선이 활어여두 이걸 다음 날 갖구 오면 다 고양이 밥 되는 거예요. 생선이 다 그런 거예요. 물 나쁘면 곧 썩는다구 아주 젓갈을 담가오지 그랬어요." 이 말이 지금도 잊히지 않는다. 독한 이들이 남긴다. 돈을 버는 법이다.

식당 물건 대는 사람들이란 대체로 그렇다. 저 사람 선하고 양심적이야, 이런 평을 얻어봐야 돈 버는 사람 못 봤다. 성실하고 좋은 물건 대는 사람들 보면 매번 그러고 산다. 낡은 1톤 트럭에 낡은 작업복을 입고 직원도 없이 수십 년을 거래처를 돈다. 속으로 혀를 차게 된다. 세상 돌아가는 눈치에 빠른 인간들은 갑자기 차도 몇 대 사고, 직원들이 대신 물건을 배송하며, 그러다가 사옥도 짓고 나중에는 대기업에 회사 명의를 통째로 팔아서 수백억을 받았다는 소리도 들린다. 무엇보다 돈은 붙을 데에 붙는다. 노장 요리사들끼리 그런 소식을 나누는데, "아, 그 ○○아저씨, 스파게티 몇 봉 들고 써달라고 찾아오던 게 어제 같은데 사옥 지었잖아. 옛날 양복 입고 다 낡은 구두 신고 말이야. △△아저씨 알지? 일본에서 뭔 돈가스 소스 수입해서 팔러 다니던 양반, 그치도 회사 팔았다던데, 몇백억 받았대."

식당이라는 산업의 현실

식당 해서 먹고사는 일은 돈이 안 된다. 누가 뭐해서 얼마 벌었대, 그런 소리야 이 바닥에 흔하지만 다 소소하다. 기본적으로 식당 사업이란 게 완전히 재래식 장치산업 같다. 가게 빌려야 하고, 영업시간은 하루 중에서 딱 반나절뿐이다. 그 공간을 돌리는 건 기름 친 기계가 아니라 월급 주고 감정을 살펴야 하는 직원이 있어야 한다. 그것도 잘 훈련된 사람이 필요하다. 더구나 음식이란 절반쯤은 맛이고 나머지는 감정을 파는 일이다. 감정에 흡족하면 어중간한 음식도 쓸 만하게 보인다. 사람 꼬이게 하는 능력 되고, 손님 기분 맞춰 주는 식당 술집이 돈 번다. 『미쉐린 가이드』에 별이 몇 개니 해도 돈 버는 것과는 별 상관없다. 인테리어와 집기에 돈 써야 하고 직원들도 훨씬 더 많이 고용해야 한다. 교육연수비용도 많이 든다. 별을 지키기 위해, 하나 더 올려받기 위해 일년내내 긴장한다. 다 비용이다. 앞으로 벌어서 뒤로 밑진다.

식당도 지독한 사람이 번다. 장사 좀 된다고 허허거리며 직원들 보너스 주고 외국 연수도 가고 그런 것도 좋지만 돈 버는 사람 못 봤다. 식당가에서 진짜 돈 번 사람은 얼마씩이라도 벌 때 알뜰하고 얄짤없이 차갑게 모아서 부동산 산 사람들이다. 금을 샀는지 뭔 채권 펀드를 했는지는 모르겠지만, 적어도 이제까지는 부동산이었다. 식당과 술집이 돈 벌어봐야 얼마나 벌겠나. 줄을 서서 사람들이 몰려온다고 40석짜리 식당에 80명씩 넣을 수 없다. 식사 시간을 30분씩 잘라서 하루 1천 명을 받을 수도 없다. 줄을 서던 손님들도 유행이 바뀌고 '신상 가게' 핫플을 따라 떠난다. 그

핫플은 또 뻔한 '구플'이 되고 다시 핫플이 나온다. 그게 이 세계의 회전이고 불문율이다. 몇몇 빵집처럼 공장 만들고 일괄 공급할 수 있는 지점 늘려서 장사하면 모르겠지만, 밥이나 술은 찍어내는 게 아니다. 앞서 말했듯이 절반은 공간에서 사람을 파는 거다. 그러니 막 늘린다고 되지도 않는다.

어느 맛있다고 소문난 식당이 있다. 그런 식당이 체인점에 프랜차이즈 하거나 남에게 가게 내주는데, 이상하게 본점만 잘되고 다른 데는 잘 안되는 경우가 많다. 본점도 테이블 몇 개 늘리거나 다른 데서 확장 이전하면 딱 그 시점부터 장사가 안되는 경우도 많이 봤다.

음식이란 요물이다. 먹는 사람이 맛을 혀로 받아들여 화학적 분석을 통해 맛이란 무엇인가, 하고 결정짓는 것 같지만, 실제로는 감정의 통제안에 있다. 먹는 일의 정서적 감동, 기쁨 같은 것을 구성하는 수많은 계산된 공급, 또는 주인조차 계산하지 못했던 자연스러운 '이점'들이 합쳐져서 음식 맛조차 훌륭하게 만든다. 물론 되지도 않는 음식으로 성공할 가능성은 훨씬 적지만, 적어도 식당은 음식이 전부라는 건 반 정도만 맞다. 그 가게가 돈을 버느냐 하는 문제는 전혀 다른 것이다.

국밥 같은 베스트셀러, 장수 식품을 아이템으로 30석짜리 오붓한 식당 내서 초심 잃지 않고 단골 평가 늘 좋게 유지하고(아이고, 김 사장님 나오셨습니까!) 속이 뒤틀리지만 리뷰 관리도 잘해서 먹고는 살겠지만 그걸로는 돈 못 번다. 8평짜리 순대국밥의 기적, 뭐 이런 건 이제 보기 어려워졌다. 우선, 손님 처지에서 과거보다 먹을 게 아주 많고 갈만한 식당도 많다. 어지간히 맛을 내면 동네에서 어린애 손목 비틀 듯이 되던 장사는 이제 없다. 다들 나름 연구도 하고, 인터넷과 요리책 뒤져서 최선의 그럴듯한 맛을 찾아서 옆에다 가게를 낸다.

유튜브는 또 뭐란 말인가. 과거의 요리책은 주로 명망가 셰프들, 요리연구가들의 몫이었다. 레시피가 틀려도 뭐라 안 하고, 사람들이 샀다. 유튜브는 그렇지 않다. 대부분은 그렇고 그런 수준이지만, 꽤 좋은 레시피도 많다. 만들면 맛이 나오는 비결과 아이템을 아낌없이 내준다. 책은 팔면 재판을 찍는 데까지 오랜 시간이 걸린다. 평판의 회전이 아주 느리다. 유튜브는 평판이 바로 구독자 수를 늘려준다. 당장 구독자 숫자를 늘리자면 비밀 레시피도 다 까야 한다. 동영상이 거짓말을 못 하는 건 절대 아니지만, 그래도 보이는 액면을 순 가짜로 구성할 수는 없다. 유튜브는 오락이지만, 정보를 기반으로 하는 오락이다. 좋은 레시피를 내놓아야 구독자가 늘고 돈도 번다. 유튜브를 보고 요리사가 되고, 메뉴를 만들어내는 게 세계적인 유행이다. 유튜브 따라 해서 미쉐린 별을 받을 셰프가 머지않아 나온다고 확신한다. 도제식 교육, 고급 요리학교 같은 스펙만큼 유튜브가 음식의 질을 어느 정도 담보해 줄 수 있는 시대가 되었다고 생각한다.

그러니 이런 바닥에서 돈을 번다고? 나 같은 위인이? 코로나를 겪으면서 생계가 목을 눌렀다. 나는 식당이라는 내구성 약한 가게의 운명을 너무 빨리 알아버린 사람이다. 이건 어쩌면 기자 시절에 익힌 생리적 감각이다.

돈의 속성

죽는 그날까지 내가 내 몸뚱아리로 먹고살 수 있는 직업이 요리사라고 했다. 크게 틀리지 않는다. 노후의 불안은 책상에 앉아 있는 월급쟁이들보다는 나을 것이다. 하지만 몸뚱아리가 그처럼 근성 있게 버텨줄 것 같지도 않다. 얇은 통장, 별로 희망적이지 않은 미래의 여러 가지 예상 지출(어디라도 아프면 돈이 꽤 든다. 못 벌고 쓰기만 할 터이니 이중의 고난일 것이다) 앞에서 나는 절망한다. 그래서 술을 마신다. 술 말고 누가 이 곤란을 위로할 것인가. 지독해야 먹고산다. 나는 이 말을 독자들에게 하고 싶다. 물려받을 게 없다면 지독하게 살아라. 돈이 벌릴 것이다. 안 벌렸다면, 그건 당신이 지독하지 않다는 뜻이다.

쓰다 보니, 슬프고 괴로운 술회가 되었다. 그렇다. 그게 돈의 속성이다. 돈은 번 사람에게 즐거울 것이다. 그러나 돈은 스스로 만족할 정도로 버는 사람은 훨씬 적게 마련이다. 그것이 여러 의미에서 자본주의다. 어떻게든 살아보시라.

김
광
혁

작 가 · 디 자 이 너 · 문 화 해 설 가

시각디자인과 광고디자인을 전공했다. '애프터컬처' 대표로 재직하고 있으며, 게임 스토리 작가, 콘텐츠 기획자, 타로 마스터, 디자인 컨설턴트로서 다양한 활동을 하고 있다.

○ ○ ○ ○ ○ ○ ○ ○ ○ ○ ○ ○ ●

일은 돈을 담는 항아리라는 것. 항아리가 크고 단단하다면, 그 안에 담기는 돈은 넘치는 법이 없을 것이다. 그렇기에 하고자 하는 일을 열심히 하며 커다란 항아리를 빚는 것이야말로 돈을 벌기 전에 먼저 해야 할 일이라고 생각한다.

일은 돈을 담는 항아리

500만 원으로 시작한 첫 사업

나의 첫 사업은 2009년 어느 날, 번갯불에 콩 볶아 먹듯 불현듯 시작됐다.

2006년부터 2009년까지 3년간 열심히 키워왔던 회사가 있었다. 오로지 새롭게 시작하는 회사를 키우기 위함이라는 일념 아래 월급 100만 원에 추가 인센티브를 받기로 약속하고 계약했는데, 그 약속 중 월급 100만 원이라는 단 한 가지 약속만 지켜졌다.

그 회사는 항상 적자였다. 내가 아무리 일을 받아와 밤새워 일을 해도 적자였다. 뭔가 이상해서 물어보면 사장은 언제나 이렇게 대답했다. "우리 회사가 한 달에 지출해야 하는 돈만 2,000만 원이 넘어." 사장의 이 말에 나는 그러려니 했다. 사실 그때까지만 해도 하나의 회사가 유지되려면 매달 얼마를 벌어야 하는지 몰랐다. 나는 사장이 하는 말을 철석같이 믿었고 어떻게든 인센티브를 받기 위해 더 열심히 일할 생각만 했다.

그 믿음이 깨진 건 의외의 상황 때문이었다. 같이 일하기 위해 어렵게 데려온 친구를 사장이 회사가 어렵다는 이유로 뜬금없이 자르려 했고 나는 의리를 지키기 위해 "그 친구 자르려면 나도 같이 자르라!"고 멋진 척을 했다가 "응, 그럼 너도 나가"라는 소리를 듣고 같이 잘렸다. 너무 분하고 어이가 없었다. 몇 년간 이 회사 하나 키워 보겠다고 다른 좋은 제안도 모두 마다하고 버텼는데 이제 와서 그냥 나가라고? 그것도 이런 일 때문에? 자존심도 상하고 이해도 되지 않았기에 나는 사장에게 물었다. 도대체 매달 얼마나 더 벌어야 그 친구도 나도 이 회사에서 계속 일할 수 있냐고. 그때 들은 말이 더 가관이었다. 사장은 더 이상 디자인 회사를 쳐다보기도 싫다고 했다. 그는 "그냥 술집 차려서 술이나 팔아야겠다"라는 얼토당토않은 말을 해댔다. 그러면서 한다는 말이 "이렇게 된 김에 너도 나가서 네 회사 차려. 500만 원이면 차릴 수 있을걸? 나도 그렇게 시작했어"였다.

인간에게 정나미가 떨어진다는 걸 그때 처음 느낀 것 같다. '몇 년간 밤잠 안 자고 불꽃같이 생명을 소진하며 촛불 같던 회사를 횃불처럼 키우려 한 대가가 겨우 이건가?' 하는 좌절감, 배신감과 함께 월급 100만 원에 근근이 버티던 나의 개미 같던 삶을 되돌아보게 됐다. '그냥 사장 말대로 새로 회사 차려서 계속할까? 지금 하던 일을 그대로 하면 지금보다 많이 벌 수 있겠네.' 하는 오기가 생겼고 내 회사를 차리려고 마음먹었다. 지금 생각해 보니 그때 그 마음은 어린아이의 치기에 가까웠다. '흥! 칫! 뿡! 내가 더 잘 될 테니 두고 봐!' 하는 마음이 더 컸다.

그러나 당시 시장 상황은 좋지 않았다. 언제고 어려운 시절 없었겠냐마는 IMF 이후 2차 불황이라 할 만큼 일거리는 줄어들어 있었고, 당시 주 업무였던 문화재청 관련 일들은 남대문 화재 사고 이후에 10분의 1로 줄어든 상태였다. 내 주머니 사정도 좋지 않았다. 500만 원이면 회사를 차릴 수 있다며 내게 당당히 말했던 사장의 말이 거짓말처럼 느껴질 정도로 사무실 보증금은 비쌌고, 게다가 내게는 컴퓨터와 책상 등 각종 집기를 들여놓을 수 있을 만큼의 최소 사업자금조차 없었다. 그러나 어찌하랴. 배운 도둑질이 디자인 질이요, 세상에서 제일 잘하는 것도 디자인 질인 것을…….

솔직히 당시 기나긴 솔로 생활을 거치며 여러 가지 취미 생활을 통해 디자인 질 아니어도 밥 벌어먹을 수단은 많았다. 기존 연봉의 두 배까지 준다는 다른 회사의 스카우트 제의도 있었다. 하지만 한번 시작하면 끝장을 봐야 하는 성격이 이럴 때는 전혀 도움이 되지 않았다. 6개월의 환자 생활을 끝내고 일어서게 해 준 것도 디자인 질이었고, 3개월의 백수 생활을 접고 다시 일하게 한 것도 디자인 질이었으며, 만화와 애니메이션 덕질, 활자 중독을 벗어나게 해 준 것도 디자인 질이었다. 여자 친구와 가슴 아프게 헤어진 그날 밤, 술을 진탕 먹고 온갖 중2병 헛소리를 하다가 다음 날 아침 일찍 번쩍! 정신 차리게 한 것도 디자인 시안 마감 일자였다.

"남자가 칼을 뽑았으면 무라도 잘라야지!"라는 우리네 선조들의 말씀은 아직 어른이 되지 못한 중2병 삼십 대에게 치명적인 가르침이었던 것이다. 종종 술자리에서 "목표는 디자인으로 세계정복!"이라고 말하던 나의 부끄러운 외침이 이렇게 흐지부지

되면 더 부끄러워질까 봐 어떻게든 창업을 하기로 마음먹었다.

누가 들어도 중2병스러운 "디자인으로 세계정복!"의 이면에는 조금 더 좋은 디자인을 하고 싶은 굴뚝보다 높이 솟은 마음이 있었다. 창업을 마음먹은 것은 기존의 디자인 외에 더 다양하고 퀄리티 높은 디자인을 하고 싶다는 욕망도 있었기 때문이다. 당시 내쫓기게 된 회사에서 했던 대부분의 작업은 책이나 인쇄물을 디자인하는 편집디자인이었다. 더군다나 이 회사는 정치권과 관련된 인쇄물을 많이 디자인했는데, 내 정치적 성향과는 전혀 다른 곳의 디자인을 하는 일이 많았고 사장의 죽는소리에 어쩔 수 없이 해야 하는 디자인이 더 많았다. 첫 회사에서부터 편집디자인을 비롯해 브랜드 디자인, 패키지 디자인, 광고 디자인 등 정말 다양한 디자인을 했었기에 더 다양한 디자인을 하고 싶다는 갈증은 점점 커져 갔고, 디자인으로 정치적 올바름을 넘어 사회적 올바름을 보여주고 싶었던 나의 중2병과 정의병이 서로 화학반응을 일으키며 창업 명분에 가속도를 붙였다.

사장은 한 달 안에 회사를 나가 달라고 했다. 그러니까 내게 남은 창업 제한 시간은 단 한 달! 지금 생각하면 말도 안 되는 미션이지만 그때 나는 무엇이든 할 수 있다는 자신감으로 넘쳐났다. '하면 된다! 할 수 있다! 해야만 한다!' 어렸을 때 어머님의 가르침이 매일 머릿속에서 정오의 시계 종처럼 "뎅~." 하며 울려 퍼졌다. 하지만 아무리 계산해도 내 통장엔 회사를 차릴 돈이 없었다. 월급 100만 원으로 근근이 살아오던 나에게 무슨 돈이 있겠는가. 창업하려면 최소 2,000만 원은 있어야 하는데 내가 가진 돈은 터무니없이 적었다. 우선 그동안 모았던 적금을 깨서 800만 원가량을 만들고 짠돌이 같은 사장에게 퇴직금으로 거금(?) 500만 원을 받아냈다. 그래도 돈은 부족했다. 마음에 드는 사무실 계약금이 1,000만 원, 월세가 80만 원 정도였기에 내가 가진 1,300만 원에서 부동산 비용 포함 사무실비 1,100만 원을 빼면 200만 원밖에 안 남았는데, 이는 업무에 필요한 나머지 것들을 채우기 위해서는 턱없이 모자라는 돈이었다.

이걸 어쩌지? 이걸 어쩐다?

아무리 고민해도 더 이상 돈 나올 구멍은 없었다. 중2병 삼십대 앞에 나타난 현실의 벽은 너무 높기만 했다. 초능력도 없고 로켓 추진기도 없으며 금수저도 아닌 오타쿠가 뭘 할 수 있겠는가? 그렇게 하루하루 임박해가는 퇴사 날짜를 느끼면서 고민에 고민을 거듭하다가 결국 최후의 방법을 쓰기로 했다. 아버지께 500만 원만 투자해 달라고 말씀드려 보는 것이었다. 이른 아침부터 목

욕재계하고 수염도 곱게 자르고 불상을 닦는 마음으로 이를 닦은 후 아버지께서 좋아하시는 다방 커피(커피 3 : 프림 2 : 설탕 1)를 좌로 7번, 우로 7번 휘저어 마치 화타가 불로초를 만들듯 정성껏 타서 공손히 무릎 꿇고 바치며 부탁을 드렸다.

"아버지, 제가 창업자금으로 500만 원이 더 필요합니다."

아버지께서는 뜨거운 커피를 후후 불어 혀가 데지 않게 홀짝 드시더니 천천히 말씀하셨다.

"응, 그래서?"

"빌려주세요."

"너 사업해본 적 있냐?"

"아니요."

"그럼 내가 너의 사업 능력을 어떻게 믿냐?"

어라? 이게 아닌데? 허를 찌르는 아버지의 질문에 답하기가 어려웠다. 혼란한 마음을 감추기 위해 우선 구차하게 설명에 들어갔다.

"우리 집안 가훈처럼 하면 되지 않을까요? 그리고 일 열심히 하면 바로 돈 들어오고 (중략) 다음 달에 또 일한 돈이 들어오는데…… (후략)."

"그만 됐다! 무슨 말인지 알겠다."

"그쵸? 돈, 금방 갚을 수 있어요."

"그런데 말이야, 네 말을 들어보니 아들은 믿지만 사업한다는 사장은 못 믿겠다."

"그럼, 사장이 아니라 아들한테 투자한다 생각하시고……."

"그러다가 망하면?"

"에이, 아버지. 사업을 하겠다는 사람이 누가 망한다 생각하고 시작해요?"

"오케이. 알았다. 투자? 해줄게."

"어? 진짜요?"

"그런데 지금 말고 사업을 해서 네가 증명하면 500만 원이 아니라 1,000만 원이든 2,000만 원이든 투자해주마. 난 도무지 사장을 믿을 수가 없구나."

아버지. 나의 아버지. 고지식하신 거로는 대한민국 1등 아버지. 30년 동안 결근 한 번, 지각 한 번 안 하며 공무원 하신 아버지. 유도 3단, 합기도 5단. 한 번 화나면 엎어치기, 메치기와 관절기를 시전하셨던 무서운 아버지. 웃으며 저리 말씀하시니 간담이 서늘했다. 더 이상 뒷말 붙이지 못하고 "넵. 알겠습니다!" 하고 대답할 수밖에 없었다. 500만 원이 뭐라고 내 목숨을 걸겠는가?

그러나 나 역시 아버지의 핏줄을 이어받은 김녕 김씨 가문의 장손이자 맏아들. 내 사업 능력을 믿지 못하겠다는 아버지의 말에 불끈하고 다시 오기가 생겼다. 아직 해보지도 않았지만 누구보다 잘할 자신이 있었고, 잘 풀릴 계획도 있으니 시작한 게 아니겠는가? 아직 보름 정도의 시간이 남아 있으니 사무실을 먼저 계약하고 필요한 나머지 돈은 일을 하며 벌기로 마음먹었다. 아버지께는 500만 원이 필요하다고 말했지만 우선 급한 대로 작업용 컴퓨터 2대와 책상을 살 비용으로 300만 원만 더 벌면 된다고 생각했다. '기타 자질구레한 가전제품은 일단 사무실을 열고 돈 벌어서 사도 되니까.' 하고 생각했다. 같이 시작할 직원에게 줄 월급도 필요했지만 "아자! 해보자! 안되면 콩팥이라도 떼어 팔지 뭐. 어떻게 안 되겠냐." 하는 무식한 말로 마음을 다잡았다.

여기저기 수소문해서 단기 알바와 급한 디자인 시안 작업을 받았다. 창업 제한 시간은 매일 매일 째깍거리며 다가왔고 나는 필사적으로 돈을 모았다. 집념은 때로 기적을 낳는다. 그렇게 보름 동안 피에 굶주린 뱀파이어처럼, 광기에 찬 좀비처럼 밤낮없이 일하고 나니 주머니엔 기존의 1,300만 원과 더불어 500만 원이 넘는 돈이 더 들어와 있었다. 사무실 계약비, 월세, 작업용 컴퓨터와 프린터, 약간의 가전제품 그리고 직원의 첫 월급을 그렇게 모았다.

햇빛이 잘 드는 그림 같은 복층 사무실, 빨간색으로 포인트를 준 사무실 가구들, 그리고 지금까지 모아 왔던 피규어와 CD, 스스로 뽐내듯 책장에 꽂혀있는 멋들어진 디자인 서적들. 꿈에 그리던 사무실을 계약한 첫날, 나는 불 꺼진 사무실 복층에 올라가 수건 한 장을 깔고 잠을 청했다. 꿀맛 같았냐고? 아니, 절대 아니다! 4월의 복층 바닥은 차갑고 딱딱하고 쾌쾌한 먼지 냄새가 났다. 하지만 평생을 살면서 그렇게 가슴이 뛰어본 적이 없었다. 첫사랑 가슴앓이를 하는 것처럼 심장이 쿵쿵 뛰었다. 그날 밤 500만 원은 나에게 행복과 희망의 기준선이 되었다. '어렵게 모은 500만 원. 매달 내 월급으로 500만 원씩만 벌자. 망하지 말고!' 꿈에 그리던 창업이 그렇게 뜬금없이, 갑자기, 불현듯 시작됐다.

500원짜리 동전을 찾아 헤매던 날들

나의 첫 사업은 그렇게 3년 동안 이어졌다. 아침에는 회의하고, 낮에는 미팅하고, 밤에는 작업하는 패턴이 반복됐다. 매일 다람쥐 쳇바퀴 돌듯 일만 해야 하는 날들이 계속됐지만 쌓여가는 명성과 통장 잔고에 행복했다.

회사는 첫해부터 호황이었다. 내가 진행한 프로젝트는 여기저기 입소문을 타고 유명해졌고 여러 디자인 잡지와 포털 사이트에도 소개됐다. 경쟁 PT에서는 언제나 이기고 돌아왔다. 그야말로 무적! 하느님이 보우하사, 신이 내 어깨를 잡아 하늘로 끌어 올려주는 것 같았다. 몇 번의 위기 상황이 있었지만 어떤 때는 같이 일하는 직원들 덕분에, 어떤 때는 좋은 클라이언트를 만나, 어떤 때는 끝까지 나를 믿어주는 제작사 덕분에 잘 헤쳐 나갈 수 있었다.

그러다 4년 차가 되었을 때, 진짜 위기가 찾아왔다.

그 전조 증상은 나의 우울증에서 시작됐다. 내가 목표로 했던 모든 것을 1년 만에 이루었을 때, 나는 '앞으로 또 무얼 하지?' 하는 막연한 생각을 매일 매일 하게 되었고, 망망대해에서 혼자 표류하는 듯한 정신적인 공허함을 느끼게 됐다. 그리고 번아웃이 오기 시작했다. 불가능하게만 생각되던 하나의 미션을 끝낼 때마다 나는 몸살 앓듯 우울증을 겪었고, 그것이 광기에 찬 믿음으로 다시 광기에 찬 연애로 다시 광기에 찬 자만과 오만함으로 이어졌다. 그럴 때마다 어떻게든 내게 도움을 주려는 사람들이 조언을 하고 위로를 건넸지만, 나는 그들에게 고마움을 느끼는 대신 반항심만 표출했다. '당신들이 뭘 안다고?' 이런 마음이 쌓이자 점점 외로워졌다.

매달 500만 원의 월급 벌이로 채워지던 나의 허기는 어느새 천년 먹은 비렁뱅이 귀신이 들어앉은 것처럼 끝없는 원초적 본능만 불러일으켰다. 부지런했던 나는 점점 게을러졌고 과도하게 스트레스를 받을 때면 기면증처럼 잠이 쏟아졌다. 채울 수 없는 욕구는 식욕으로 발전했다. 평소 먹거리에 집착했던 나는 점점 더 비싼 것을 점점 더 많이 먹어야만 만족할 수 있었다. 무엇이 불안한지 손톱을 물어뜯어 손끝은 매일 헐어 있었고, 머리카락은 한 올 두 올씩 하얗게 세다가 어느 날 한 뭉텅이가 하얗게 변해 있었다. 몸은 점점 노쇠하고 망가져 갔다. 몸이 망가지니 마음도 함께 무너져 내리기 시작했다. 처음 시작할 때의 밝고 희망차며 대책 없이 자신감에 넘쳐나던 나는 어느새 사라지고 우울하고 비관적이며 시궁창 밑까지 떨어지는 좌절감에 허덕이는 나만 남아버렸다.

그러다 보니 나는 점점 믿음에 집착하게 되었다. 나의 이런 욕구가 기도로 용서받길 바라면서도 그 기도가 끝나면 다시 다른 욕구가 죽순처럼 자라났다. 그렇게 교회를 나가고 교인들을 만나게 됐는데, 내 오랜 친구도, 가족도 채워줄 수 없는 마음의 빈 곳을 그들이 채워주었다. 그때까지 교인이야말로 믿을만한 사람이란 선입견을 가지고 있던 나는 그렇게 믿었던 선한 사람들에게 돌아가며 사기를 당하게 됐고, 그 바람에 처음으로 빚을 지게 되었다. 그렇게 시작된 나의 바보짓은 나를 바닥으로 더 깊은 나락으로 떨어뜨렸다.

직원들 월급 때문에 50만 원으로 시작한 카드빚은 이내 500만 원으로 불어났다. 카드를 돌려막다 보니 그게 다시 1,000만 원으로 불어났다. 어떻게든 이 구멍을 메워야 한다는 생각에 대출을 있는 대로 끌어 쓰다 보니 빚은 순식간에 5,000만 원이 넘어버렸다. 그러는 동안 또다시 교인들에게 사기를 당해 3,000만 원을 더 빚지게 됐고, 결국 빚은 도합 1억 원이 넘게 됐다. 빚이 어느 정도 쌓였을 때 정신을 차리고 사업을 정리한 후 어딘가에 취직해 차근차근 빚을 갚아 나갔다면 나의 고난은 빨리 끝났을지도 모른다. 하지만 그놈의 알량한 자존심이 문제였다. 걱정하시는 부모님께는 말도 못 하고 신용등급도 1등급에서 9등급으로 떨어졌다. 한 해가 지나니 빚이 3억을 넘기게 되었고 나는 주변 지인들에게 돈을 빌려 쓰다가 마침내 사채에도 손을 대기 시작했다.

나의 미친 짓은 그러고도 계속됐다. 원래대로 디자인만 열심히 하면 됐을 것을 큰돈이 된다고 하는 일이면 무턱대고 달려들었다가 적자를 보거나 재능과 시간만 갈취당하곤 했다. 어느 날 이런 나를 안타깝게 보던 출판사 사장님이 "송충이는 솔잎을 먹어야지 다른 거 먹음 배탈 나." 하고 걱정하며 충고를 해주셨지만 당시의 나는 찬밥 더운밥 가릴 처지가 아니었다. 하룻밤 자고 나면 빚은 함박눈처럼 소복하게 쌓여만 가는데, 솔잎만 가려먹겠다고 지조를 부렸다간 날개를 채 달기도 전에 흙밭에 구르다가 짓밟힐 것 같았기 때문이다. 돈이 된다고만 하면 이것저것 앞뒤 생각 없이 집어 먹다 보니 결국 배탈이 났다. 기존에 하던 디자인 일도 점점 끊기게 되었다. 소문은 바람보다 빨라서 클라이언트들은 내게 더 이상 일을 주지 않았다. 마가 낀 것인지 하는 일마다 제대로 돈을 받지 못했다.

그럴수록 몸에는 독기만 쌓여갔다. 성격은 점점 날카로워졌다. 마지막까지 나를 걱정해주던 주변 사람들이 하나둘 내 곁을 떠났고, 결국엔 차에 기름을 넣을 돈도 없고 대중교통을 이용할 돈조차 없는 빈털터리가 되었다. 지금 생각해 보니 몇 달간의 생활비가 10만 원도 채 되지 않는 나날이 이어졌던 것 같다. 잘 먹어서 윤기가 흐르던 얼굴은 푸석해졌고 면도기 살 돈이 없어 수염은 덥수룩했다. 먹을 것 살 돈도 없었기에 나는 어딘가에 숨어있을지 모르는 돈을 찾기 위해 집안을 쥐 잡듯 뒤지고 다녔다. 한밤이면 어딘가에 떨어져 있을 동전이라도 줍기 위해 미친 사람처럼 동네를 돌아다니기도 했다.

매일매일 빚쟁이들의 독촉 전화가 이삼십 통씩 이어지는 지옥 같은 나날이 이어졌다. 전화를 안 받으면 집에 찾아오거나 차에다가 협박 낙서를 해놓고 가기도 했다. 문이 부서질 듯 두드려대는 통에 집에선 인기척을 낼 수도 없었고 혹시나 그들이 볼까 무서워 전깃불을 켜고 있을 수조차 없었다. 그러던 어느 날부터 핸드폰 사용료가 밀려 전화벨이 더 이상 울리지 않았다. 도시가스와 전기도 끊겼다. 그런데 웬걸? 한동안 평화가 찾아왔다. 하지만 그것도 잠시. 어떻게든 살아야겠다는 마음에 주린 배를 채우기 위해 마트에서 할인하는 2,000원짜리 밀가루 1킬로그램짜리를 사 와서 차가운 수돗물에 풀어 먹으며 버텼다. 그렇게 한 달을 버티고 버티니 밀가루마저 떨어졌다.

몸은 눈에 띄게 말라갔다. 몸에 기력이 없어서 온종일 누워있는 게 일이었다. 하루는 그렇게 자고 깨기를 반복하는데 눈앞에 별똥별이 떨어지는 게 보였다. 낮인데 말이다. 헛것이 보였다. 나는 이미 굶주리고 탈진해서 모든 것이 힘들고 귀찮아진 상태였다. '아, 그냥 이렇게 누워있으면 죽어서 썩겠구나' 싶어서 불 꺼진 방에 누워 창밖을 바라보았다. 하늘은 노을로 불타듯 붉게 물

들어 가고 있었다. '하늘이 김치찌개 색깔이군. 스팸하고 콩나물 넣어 끓이면 참 맛있는데…….' 침을 꿀꺽 삼키며 스팸을 가득 넣은 김치찌개 상상에 잠시 흐뭇했다. 마침 예민해질 대로 예민해진 후각은 베란다 창을 통해 들어오는 밥 짓는 냄새를 감지해 내고 있었다.

세상 어디에 그렇게 맛있는 냄새가 또 있을까? 내 방에서 나는 퀴퀴한 냄새를 뚫고 구수하게 밥 짓는 냄새와 함께 어딘가에서 끓이고 있는 시큼한 김치찌개 냄새, 무언가를 굽는 고소한 기름 냄새가 함께 밀려왔다. 왠지 모르게 서글퍼서, 억울해서, 처참해서 눈물이 흘렀다. 울고 또 울다가 눈물이 소금 결정이 되었을 때 나는 부들거리는 몸을 일으켜 엉금엉금 기어서 욕실로 갔다. 아직 끊기지 않은 수돗물에 감사하며 내 몸에서 나는 노숙자 냄새를 씻어 내렸다.

차가운 물로 비쩍 마른 몸을 대충이라도 씻고 입을 헹구고 나자 정신이 번쩍 들었다. 한참 동안 수돗물을 벌컥벌컥 마시며 행복해했다. 수돗물이 이렇게 달았나 싶었다. 욕실에서 나와 어떻게든 다시 살아야겠다 싶어 집 안 구석구석을 뒤지며 돈을 찾았다. 하지만 밀가루를 사기 위해 몇 번을 탈탈 털었던지라 어디에서도 돈이 나올 리 없었다. 혹시나 하는 마음에 모자를 눌러쓰고 차에 가서 돈을 찾기 시작했다. 하늘도 내가 죽길 바라지 않았는지 운전석 밑에서 500원짜리 동전 하나를 찾을 수 있었다. 그리고 트렁크에서 100원짜리 두 개와 50원짜리 세 개, 10원짜리 하나를 발견했다. 860원. 옛날이라면 거들떠보지도 않았을 돈이지만, 나는 며칠 밤을 지새우며 공략한 끝에 발견한 게임 속 전설의 아이템을 얻은 것처럼 두 눈을 반짝였다. 860원을 보물처럼 주머니에 넣고 힘을 내어 편의점으로 걸어갔다.

편의점까지 겨우 300미터 남짓한 거리였는데 그게 그렇게 멀지 몰랐다. 한 달간 밀가루 풀만 먹고 지내다가 또 며칠간 굶주려 보니 한 걸음 한 걸음이 천근만근이었다. 겨우 편의점에 도착하고 나니 한밤의 편의점이 마치 천국처럼 보였다. 코는 들개처럼 예민해져 있던 터라 편의점에서 나는 온갖 냄새들이 밀도 높은 정보처럼 뇌로 찌릿하게 흘러들어왔다. 어쨌든 나는 860원으로 며칠 동안의 끼니를 해결해야 할 무언가를 사야 했기에 주변을 천천히 둘러봤다. 덥수룩한 수염에 희끗희끗 흰머리가 난 사람이 모자까지 푹 눌러쓰고 있으니 점원은 계속해서 의심 어린 눈빛으로 나를 바라보았다.

먹고 싶은 것은 많았지만 860원으로 배를 채울 수 있는 것은 별로 없었다. 마침 230원으로 초특가 할인행사를 하고 있는 진라면이 있어 하나를 집어 들고 그걸 끓이기 위해 부탄가스 하나를 손에 들었다. 그런데 그때 눈에 삼각김밥이 눈에 들어왔다. 밥을 먹은 지 너무 오래되었기 때문인지 아니면 아까 맡은 갓 지은 밥 냄새 때문인지 아니면 둘 다 때문인지 삼각김밥을 보자마자 침이 꼴깍 넘어갔다. 밥 냄새가 너무 그리웠다. 부탄가스를 내려놓고 한 손에는 진라면을 한 손에는 삼각김밥을 들고 한참 동안 고민했다. 편의점 점원은 그런 나를 보곤 의심의 눈길을 보내며 헛기침을 했다. 힐끗, 민망한 마음에 눈치를 보다가 결국 삼각김밥을 내려놓고 230원짜리 진라면 하나와 500원짜리 부탄가스를 하나를 사서 편의점을 나왔다. 삼각김밥 700원. 누구나 부담 없이 먹을 수 있는 싼 가격. 하지만 주먹보다 작은 삼각김밥으로는 한 끼밖에 해결하지 못한다.

집으로 돌아와 진라면을 사 등분 했다. 냄비에 물을 많이 붓고 라면 4분의 1, 스프 4분의 1을 넣어 오랫동안 끓여 면을 퉁퉁 불린 다음 라면을 먹었다. 냄비 속으로 눈물이 툭툭 떨어졌다. 한 번에 다 먹으면 내일 먹을 게 없었기에 면만 먹고 국물은 남겨 두었다. 그런 식으로 진라면 하나와 눈물로 일주일을 살았다. 면 한 입을 먹고 국물 한 모금을 마실 때마다 세상을 탓하던 나 자신을 탓

했고 어딘가에서 이 모습을 보고 있을 신에게 분노 대신 감사의 기도를 했다. 그렇게 일주일이 지나고 다시 며칠이 지난 어느 날, 전화가 안 되는 아들이 걱정되어 찾아오신 어머님께 지금까지 있었던 모든 일을 말하고 본가로 들어갔다. 아버지는 아무 말 없이 고생했다며 등을 두드려 주셨고 어머니는 따듯한 밥과 콩나물과 스팸을 넣은 김치찌개를 끓여주셨다.

며칠 후 아버지는 같이 국밥이나 먹자며 설렁탕집으로 나를 데려가셨다. 아버지는 곰탕을 시키셨다. 면목 없는 나는 조금 싼 설렁탕을 시켰다. 큼직한 뼈다귀가 들어간 곰탕 한 그릇과 맑은 설렁탕 한 그릇이 나오자 아버지는 당신의 그릇에서 고기를 집어서 내 설렁탕 그릇에 담아주셨다. "너 잘못한 거 없어. 잘 버텼어. 고개 숙이지 말고 어깨 펴. 살아있잖아." 끝까지 자존심만 부리다가 망해버린 것에 대한 부끄러움과 무뚝뚝했던 아버지의 위로 한마디에 나는 고개를 숙이고 끅끅대며 울어버렸다. 아버지께서는 "설렁탕 식는다. 어서 먹어." 하고 담담하게 말씀하셨다. 다음날 아버지께서는 우선 급한 불부터 끄라며 1,500만 원을 빌려주셨다. 그리곤 5년 안에 갚으라는 말을 덧붙이셨다. 고맙고 감사해서 몇 번을 고개 숙였다. 2012년 가을이었다.

그 후 나는 안 해본 일이 없다. 좌판 행상부터 대리운전, 인쇄물 배달, 음식 배달, 기획부터 카피라이팅, 북 디자인, 사진 합성이나 보정, 찌라시나 간판, 웹 디자인, 출장 타로, 문구 판매 등 단돈 만 원만 벌 수 있다면, 그게 어디냐며 기꺼이 모두 다 했다. 1만 원이면 할인하는 진라면을 한 달 동안 매일 먹을 수 있는 돈이라고 생각하면서 말이다. 그렇게 3억이 넘는 빚을 3년 만에 다 갚았다.

그때의 기억이 지금의 나를 만들었다. 이제는 삼각김밥보다 맛있는 5,000원짜리 불고기 김밥을 사 먹을 수 있게 되었고 종종 비싼 일본식 라멘과 초밥도 주저하지 않고 사 먹는다. 어쩌다 보니 지금의 위치에 오게 된 나에게 많은 사람들이 질문한다. 앞으로의 계획이 뭐냐고, 또는 아직도 꿈이 있냐고. 그들은 아마 엄청난 인사이트나 명언을 바라며 물어본 것일 수도 있고 그냥 물어본 것일 수도 있다. 그럴 때면 나는 망설임 없이 대답한다. 매일 맛있는 밥을 먹는 것이라고 그리고 하루하루를 행복하게 살아내는 것이라고.

천직을 찾는 모험

돌아보니, 내 인생 중 삼십 대는 가장 처참하고 가장 참담했던 시절이었다. 모 아니면 도밖에 없는 줄 아는 나이였고, 후회를 할지라도 똥이 된장은 아닌지 찍어 먹어 봐야 속 시원한 나이였다. 자신의 철학이 개똥 같다는 것을 알고 있지만 한 번 내뱉은 말을 되물리는 것이 죽기보다 부끄러운 나이, 실패라는 결과는 전혀 예상하지 않고 무조건 성공할 것이라는 자신감으로 풀악셀을 밟는 나이, 그리고 그 모든 가능성을 가지고 있었기에 가장 빛나던 나이였다. 그렇기에 실패했을 때 아무런 대비가 되어있지 않은 나이기도 했다.

창업과 함께 시작된 나의 성공과 실패의 연대기는 내 인생에 그 무엇보다 값진 경험으로 남았다. 누군가는 너무나 바보 같은 내 연속된 선택을 보며 왜 그렇게 멍청하게 살았냐고 비웃을지도 모른다. 그럴 수도 있다. 만약 내가 대의명분이나 의리, 자존심보다 나의 이기적 욕심을 채우기 위해 돈만 좇으며 살아왔다면 지금의 나는 더 풍족한 삶을 살고 있을지도 모른다.

하지만 가장 힘든 시간을 보냈을 때, 가장 밑바닥의 삶을 살았을 때 배운 것이 몇 가지 있다. 흐린 날에 맑은 날 소풍을 꿈꾸듯 어려울 때 희망을 꿈꾸는 사람만이 나중에 복을 얻을 때 더 큰 행복을 느낀다는 것. 나를 높이려 독을 품고 애쓰는 것보다 남을 높여주고 내 주변 사람들이 높아지도록 도와야 결국 자신의 가치와 명예도 높아진다는 것이다.

우리는 왜 악착같이 일을 하고 기를 쓰며 돈을 벌어 성공하려는 것일까? 지난날에 대한 글을 쓰며 내가 내린 결론은 이렇다. 사회적 성공의 기반엔 돈과 권력이 있어야 하고, 돈과 권력이 있으면 관심을 받으려 애쓰지 않아도 관심을 받게 되고, 자신이 좋은 사람이라고 굳이 포장하지 않아도 좋은 사람으로 칭송받기가 쉽기 때문이다. 밥 한번 거하게 사고 권력에 들러붙은 추종자들에게 약간의 매너만 지켜도 좋은 소문이 널리 퍼진다.

반대로 돈이 없고 권력도 없는 사람은 좋은 사람 되기가 쉬울까? 당장 오늘 먹을 게 없고 미래는 불안정하기만 한데 남에게 매너를 지키고 선행을 하는 것이 어디 쉬운 일인가? 그들이 좋은 사람 소리를 듣기 위해서는 돈과 권력을 가진 사람보다 몇 배의 노력을 해야 하고 많은 인내를 해야 한다.

성공과 실패에 따라붙는 선과 악은 공평하게 작용해서 저울에 달면 언제나 평행을 이룬다. 우리가 주의해야 하는 것은 삶이 바닥을 칠 때, 일을 하는 명분이 정확하지 않을 때, 돈이 없고 권력이 없을 때의 내 행동과 마음가짐이다. 돈과 권력을 얻기 위해 나쁜 길을 선택하면 마음은 오염되어 버린다. 반대로 좋은 사람이 되기 위해 더 많이 인내하고 노력을 해야 한다는 것이 강박이 되어버리면 그것도 위험하다.

인간의 본성은 최악의 상황에서 여실히 드러난다. 우리가 바닥의 삶을 살고 있을 때, 나쁜 마음을 품고 악하게 행동하고 살면 인생이 조금 수월해질지도 모른다. 그렇게 살다 보면 그 마음과 행동이 자신의 기본값이 되어 버린다. 아프다고, 슬프다고, 괴롭다고, 힘들다고 행한 악한 행위가 당위성을 부여하지 않는다. 고통과 좌절 속에서도 정신을 놓지 않아야 나중에 성공하고 행복한 시기를 맞이했을 때 비로소 떳떳할 수 있다. 어렵고 힘든데 무조건 착하게만 살라는 이야기가 아니다. 소신을 지키고 살면 그게 나중에 진정한 선행으로 이어지고 결국 좋은 사람이 될 수 있다는 말이다.

오십 대를 바라보는 나이에 일과 돈의 관계에 관해 다시 생각해 본다. 누군가는 일찍 자신의 천직을 찾아 분에 넘치는 돈과 명예를 누리지만 대부분의 사람들은 죽을 때까지 자신의 천직이 무엇인지 모르고 살아간다. 자신의 천직을 살고 있지만, 돈이 없어 그 천직마저 위태로운 사람도 많다. 내가 디자인이라는 일 외에도 다양한 일을 하며 또 다른 가능성을 꿈꾸는 것은 돈을 더 벌고 싶어서가 아니다. 나를 행복하게 해주는 일을 찾기 위해 끝없는 모험을 하고 있는 것이다. 원피스를 찾는 루피처럼 천직을 찾는 모험이라고나 할까?

돈이 중요하냐, 일이 중요하냐. 이 질문에 대해서는 누구나 선뜻 대답하기가 어려울 것이다. 나는 이렇게 대답하고 싶다. 일은 돈을 담는 항아리라는 것. 항아리가 크고 단단하다면, 그 안에 담기는 돈은 넘치는 법이 없을 것이다. 그렇기에 하고자 하는 일을 열심히 하며 커다란 항아리를 빚는 것이야말로 돈을 벌기 전에 먼저 해야 할 일이라고 생각한다.

그리고 돈. 돈은 약이자 독이다. 나는 돈이 약이 되는 경험도, 독이 되는 경험도 해보았다. 돈은 때로 약이 되지만 때로 독이 되기도 한다. 과한 약은 몸을 망치고, 적당한 독은 몸에 도움이 된다. 돈을 많이 버는 것도 좋지만, 내가 감당할 수 있어야 한다.

'디자인으로 세계정복!'이라는 원대한 꿈은 이제 '하루하루 행복한 삶으로 일상 정복!'으로 소박하게 바뀌었다. 그렇지만 오늘도 나는 누구에게 보여줘도 좋을 항아리를 만들기 위해 노력하고 있다. 디자인도 하고, 글도 쓰고, 기획도 하고, 때론 강의도 한다. 나의 덕질을 주변 사람들과도 나누고 있으니 내가 만든 항아리가 하나만은 아닐 것이다. 물론 돈은 언제나 새벽에 이슬 떨어지듯 항아리에 한 방울씩 떨어지지만, 어느 날 갑자기 장대비가 쏟아져 그 안에 가득 모이게 될지 모르는 일 아니겠는가? 그러니 자신의 일로 각자의 항아리를 열심히 만들고 있는 분들, 모두 파이팅이다. 당신의 항아리가 아직 보잘것없다 고해도 완성되지 않았다고 해도, 또는 완성되었던 게 깨졌다고 해도 그 경험을 바탕으로 더 멋진 항아리를 만들어 나가면 된다. 포기하지 않으면 언젠가 기회가 찾아올 것이고, 새로운 삶을 다시 살아갈 기회가 찾아오는 것은 어쩌면 신이 인간에게 준 최고의 축복이다.